안개가
껴도
괜찮아

.

열여섯 살의
우울 투병기

안개가
껴도
괜찮아

한겨울
지음

우울감이 안개처럼 몰려올 때 아무것도 안 보이는 것은
시각적인 기능일 뿐이고 우리는 생각을 할 수 있다

이 안개는 나중에 사라질 것이라는 것을,
오늘도 우울이라는 창문을 열면서 하루를 시작한다

"언제까지 네가 죽으려고 하는 걸 지켜만 봐야 해?"

나는 자살을 시도한 우울증 환자이다. 죽고 싶은 생각의 정도는 다 다르겠지만 많은 사람이 그럼에도 살아간다. 나도 그럴 거고. 어쩌면 죽지 못해서 살 수도 있다. 생각의 정도가 강하든 약하든 각자의 위치에서 최소한의 노력을 하며 살아간다. 그런 사람들을 응원한다는 말을 하고 싶다. 나는 삶과 죽음이라는 경계선에 서 있는 사람들에 대한 이야기를 하려고 한다. 지금까지 내가 본 사람들, 혹은 들은 이야기, 내 이야기까지 쓰겠다.

"내가 너한테 못 해준 게 뭐야? 도대체 뭘 바라는데?"

엄마랑 싸우는 날이면 꼭 들었던 말이다. 부모님의 사랑을 잔뜩 받고 자랐다. 부족함 없이 컸다. 부모님 마음 충분히 이해해. 근데 내 마음을 내가 어떻게 할 수 없다.

이 지독한 우울감이 들면 시간이 안 지나간다는 걸 알려주는 시계가 너무 미웠다. 자해하고 싶은 내가 싫었고, 결국 긋고 있는 나의 의지력이 한심했다. 바다에 빠져서 숨 막힌 채로 심야로 들어가는 기분이었다. 발목에는 쇠사슬이 채워진 것 같았고 나는 아무것도 할 수 없었다. 자꾸 삶에 미련을 주는 친구들과 부모님, 나를 상담해 주시는 모든 선생님이 미웠다.

"선생님 제자 중에 자살한 사람 있어요? 없다면 제가 최초가 될 수도 있겠네요."
학교 상담 선생님과 병동에 있는 공중전화기 사이로 한 말이다. 내 마음을 표현할 수 있는 가장 자극적이고 강렬한 말을 찾았다. 아무리 센 말이어도 내 마음을 표현하기엔 약했다. 내 말에 주변 사람들은 쉽게 상처를 받았다.

죽고 싶다는 말을 입에 달고 살았다. 학교에서도, 집에서도, 길을 걸으면서도.

"왜 살지?"

"사는 게 지긋지긋해."

"죽고 싶어."

가족들과 상담 선생님은 그런 말을 들으면 심장이 철렁한다고 했다. 내가 정말 세상에서 없어질까 봐 두려워했다. 나도 알고 있었다. 그런 말로라도 표현하고 싶었다, 내 마음을. 생각해 보면 나쁜 짓을 많이 했다. 걱정끼치고, 소리 지르고.

나는 열여섯 살이다. 빵 만드는 걸 좋아하고 친구들이랑 웃으면서 노는 걸 좋아하는 흔한 학생이다. 시험 기간에는 스트레스를 받고 시험이 끝나면 '이 시간은 내 거다! 아무도 방해하지 마.'라는 생각으로 논다. 남들과 다르지 않다. 그런 내가 글을 쓰게 되었다. 죽기 위해, 그리고 살기 위해 애쓰고 있는 나만이 할 수 있는 이야기를 쓰고 싶었다.

병동 휴게실에서 여느 날과 다르지 않게 TV를 보고 있었다. 내가 글을 쓰면 사춘기 소녀 감성이 되는데 어떻게 그걸 고칠 수 있냐고 옆에 있는 언니한테 물었다. 글 쓰는 걸 좋아하는 언니는 내 감성을 순수함이라고 표현했다. 그 나이대만 표현할 수 있는 순수함. 내 순수함과 천진난만한 말이 다른 사람의 감정을 울리는 것, 그것이 진정한 작가라고. 그 말 덕에 나는 글을 쓰기 시작했다.

우울하다는 게 도대체 뭘까? 정작 우울증을 겪고 있는 내 입장에서도 우울이란 감정의 정의를 막연히 내리지 못한다. 우울이라는 감정 속에 우리의 많은 아픔과 찢어지듯 고통스러운 순간이 담겨 있다. 그걸 나는 통틀어서 우울이라고 표현했다. '반성과 공상이 따르는 가벼운 슬픔'도 우울이라는 단어의 정의이고 '근심스럽거나 답답하여 활기가 없음'도 마찬가지다. '가벼운 슬픔'이라는 말과 '근심'이라는 말이 같은 단어에 쓰이는 게 맞는 걸까? 느끼는 거에 따라서 다르겠지만 내 근심과 슬픔은 가볍지 않다. 사전에 그렇게 정의되어 있는 걸 보면 사람들이 느끼는 우울함이 되게 다양한 것 같다.

처음에는 일기로 부정적인 내 마음을 쓰는 것이 어려웠다. 내 아픔을 인정하는 꼴이 되어버린 것 같았다. 내가 내 마음을 부정했다. 나만의 우울의 정의를 찾는 것이 나아지게 하는 첫걸음이 아닐까? 정의를 내린 후의 나는 내면의 나를 바라본다. 바라보는 과정이 쉽지만은 않다고 한다. 마음을 부정하던 사람이 갑자기 인정하려면 힘들듯이. 그것이 치료의 첫 번째 발자국인 것 같다.

다른 환자들을 보는 따뜻한 눈빛과 그걸로 인해 깨닫는 내 모습을 보며 독자의 아픔을 하나씩 치유하고 싶다. 나만의 이야기가 종처럼 울려 다른 사람의 귀에 파동을 주길 바란다.

"불행은 불행대로 기름처럼 우위를 차지하고 행복은 밑으로 꺼진다. 그래도 이것들이 모두 담긴 통이 삶이라는 건 큰 위안이고 기쁨이다. 슬프지만 어쨌든 난 살아가고 살아내고 있다. 그게 위안이자 기쁨이다."

《죽고 싶지만 떡볶이는 먹고 싶어》라는 책의 구절 중 두 번째로 마음에 든 구절이다. 눈물을 흘릴 정도로. 행복과 불행은 같이 있을 수밖에 없는 세상에서 불행은 기름처럼 물 위에서 둥둥 떠다니고 물은 우리의 행복처럼 가라앉아 버린다. 행복과 불행, 언어상으로 공존할 수 없는 단어인 것 같지만 우리의 삶이란 통에는 항상 공존하고 있는 존재이다. 내가 알고 싶은 거였고 듣고 싶은 말이었다.

많은 사람이 나에게 준 용기와 힘을 껴안고 이 글을 시작한다. 뮤지컬의 막을 열듯 당신의 마음도 활짝 열게 되었으면 좋겠다.

단빛이 비치는 창가 아래에서 당신에게

목차

끝내며

· ·

제1장

너무 우울해서
조금 죽고 싶었어요

우울증이 뭘까? 2주 이상 우울한 증상이 지속되는 것? 그것은 정신과에서 우울증이라 부르는 기준일 뿐이다. 우울증 환자로서 난 우울증을 다르게 정의했다. 행복했고 즐거웠던 기억을 못 하게 하며 부정적이고 암울한 과거만 떠오르게 하는 무시무시한 병이다. 힘든 기억이 유난히 커 보여서 행복했던 기억이 묻히는 게 우울증이라고 생각한다.

스스로 죽기에는 무섭고 누가 날 죽이면 이 지옥 같은 우울의 노예에서 벗어나지 않을까?

"차라리 누가 죽여줬으면⋯."

나는 그날 삶을 포기하기로 결심했다. 이 무한 굴레에서 벗어나기 위해서. 각기 다른 편의점에 가서 약을 한 통씩 샀고 학교에서 다 털어 먹어서 조퇴를 했다.

2년이라는 간격을 두고 자살을 두 번이나 시도한 우울증 환자이다. 2년 동안 죽음을 다짐하고, 포기하는 것의 반복이었다. 지난 몇 달 동안은 공허하고 우울했다. 내 몸이 빈 깡통처럼 느껴졌다. 밟으면 시끄럽고 거북한 소리가 나듯이 누가 날 건드리면 까다롭게 반응했다.

"눈 감으면 평생 잠들 수만 있다면⋯."

"아무도 날 안 건드렸으면 좋겠어. 다 너무 지쳐."

몸을 내 의지로 움직이는 느낌이 안 들었고 빈껍데기인 나를 누가 조종하는 꼭두각시 인형 같았다.

"언제까지 자살을 시도하는 너를 지켜만 봐야 해? 그냥 몇 년이고 병원에 입원시켜 줘? 그걸 바라니?"

매서운 엄마의 말에 아무 말도 못 하고 내 눈에서 흐르는 눈물만 닦는다. 엄마 차를 타고 병원에 가는 길에 엄마가 병원 가서 쓸데없는 소리 하지 말고 치료만 받고 오라고 했다. 응급실에서 아픈 와중에도 엄마의 눈치를 봤다. 난 엄마가 세상에서 제일 좋아서 자살에 실패했을 때 무서운 게 엄마와의 관계가 안 좋아진다는 것이었다.

"헉헉, 숨이 안 쉬어져요. 헉헉, 살려주세요!"

약의 해독제에 알레르기 반응이 있어서 해독제를 맞다가 숨이 안 쉬어졌다. 숨 안 쉬어지는 건 처음 있는 일이라서 너무 두렵고 무서웠다. 죽고 싶은데도 숨 막히는 건 무섭더라. 응급실에서 적절한 치료를 받고 응급의학과 병동으로 올라왔다. 내가 있는 병실은 우연히 음독으로 오신 할머니 두 분이 계셨다. 중환자실에서 올라와서 말도 잘 못 하고 몸도 잘 움직이지 못하셨다. 나는 가만히 누워계시는 할머니보다 옆에 계신 보호자 분들이 더 힘들어 보였다. 심리적으로든 신체적으로든. 우리 엄마도 그랬다. 입원해 있는 동안 엄마는 엄청난 두통에 시달렸다. 나보다 아파 보였다. 나 때문인 것 같았다. 내가 그런 짓만 안 했으면 엄마는 안 아팠겠지.

너무 우울해서 조금 죽고 싶었어요

응급의학과 교수님이 정신과 협진을 넣어주셨다.

"안녕하세요, 정신건강의학과 교수입니다. 왜 약을 그렇게 많이 드신 거죠?"

갑자기 들어오셔서 당황한 기색이 있었다.

"지겨운 우울감과 공허함 때문에 죽고 싶어서 먹었어요. 안 죽어서 속상해요. 죽지 못해 사는 느낌이에요. 어떻게 하면 제가 죽게 내버려두실 건가요?"

지난 3개월간 우울의 밑바닥에서 허우적대고 있던 나여서 우울감과 공허함이 지겹게 느껴졌다. 죽지 못해 사는 느낌, 누구보다 잘 안다. 우주에 덩그러니 혼자 남겨져 산소통에 의지해 평생을 보내야 하는 그 감정이 바로 죽지 못해 사는 느낌이 아닐까? 그래서 그게 얼마나 힘든 마음인지, 고독하고 지긋지긋한지 잘 안다. 교수님은 내 말을 듣고 상태가 심각하다고 느끼셨는지 정신과 병동 입원에 대해 어떻게 생각하냐고 물었다. 그럴 줄 알았다. 정신과 쪽에서는 자살을 시도한 환자에게 해줄 수 있는 게 입원밖에 없을 테니까.

"저번에 입원해 본 적이 있는데 감옥 같고 답답했어

요. 기억도 안 좋고요. 하고 싶은 마음은 없어요."

이번이 정신과 병동 세 번째 입원이었다.

"아, 많은 환자분이 그렇게 생각하시죠. 그래도 답답한 것보다는 생명을 지키는 게 중요하지 않을까요?"

교수님은 다른 분들도 다 그렇게 생각할 거라는 말을 남기고 가셨다. 엄마에게도 입원 치료를 권했다.

"입원을 하면 나아진다는 보장이 있나요?"

그건 보장하지 못하지만 당장 생명을 유지할 수 있고 대학병원에서 할 수 있는 치료법이 있다고 소개해 주셨다.

첫 번째와 두 번째 입원 기억이 너무 안 좋았다. 첫 번째는 입원하고 일주일은 괜찮았다. 또래 친구들이 8명은 넘었고 의지할 수 있었다. 그중 어떤 언니가 나이를 핑계 삼아 분위기를 잡고 날 따돌리기 전까지만 해도 말이다. 내 상태가 좋지 않아서 나가지도 못하고 계속 괴롭힘당하는 수밖에 없었다. 힘들어서 자해도 더 했고. 두 번째 입원도 마찬가지였다. 어떤 애가 날 따돌리기

너무 우울해서 조금 죽고 싶었어요

전까지는 버틸 수 있었다.

  그러나 나도 살고 싶었는지 내 감정이 조절이 안 된다는 것을 인식하고 먼저 입원하겠다고 말했다. 이번도 저번이랑 똑같았다. 우리 부모님은 내가 원하지 않는데 강제로 입원을 시키는 건 옳지 않다고 생각했다. 부모님은 나에게 입원 의사를 물어봤다. 매번 처음에는 하기 싫고 두려웠지만 나중에는 내가 먼저 입원하겠다고 말했다. 왜일까? 나도 본능적으로 살고 싶었던 걸까?

  처음에는 동의입원으로 들어갔다. 동의입원은 환자의 동의를 받고 들어오되 퇴원은 보호자의 동의가 있어야 하는 유형이다. 대학병원은 처음이라 병원에 들어갔을 때는 그냥저냥 나쁘지 않다고 생각했다. 전에 입원했던 병원보다 시설이 좋아서 신기했다. 사람이 많이 없어서 조용했고 병원 기사님들도 친절하셨다. 하룻밤이 지나고 나서 전과 다른 약물을 쓴다고 해서 약 효과가 바로 나타나는 건 아님을 알았다. 우울감이 전혀 나아지지 않고 반복되는 자해와 답답함 때문에 더 죽고 싶어졌다.

죽고 싶은 이유 중에 가장 큰 공간을 차지하는 것은 우
울함과 조절이 안 되는 자해였다. 자살하고 싶다는 생각
에만 빠져 내가 왜 입원한다고 했는지 후회도 되고 눈물
로 밤을 지새우는 시간을 보냈다.

　"네가 여기 들어온 이유를 되새겨 봐. 힘들겠지만 조
금만 버텨보자."

　엄마 말을 듣고 짜증 날 때가 많았다. '엄마가 입원한
것도 아니면서 왜 내 마음을 이해해 주지 않지?'라며 억
울했다.

　나가면 죽을 수 있다는 생각과 여기서 치료가 안 된다
는 생각에 퇴원을 요구했다.

　"퇴원하고 싶어요. 퇴원하면 잘 살 수 있을 것 같아요.
여기 답답하고 힘들어요. 감옥 같아요."

　하루에 한 번씩 교수님을 만날 때마다 퇴원만 요구했
다. 나가면 죽을 거였으면서 거짓말을 해댔다. 그래서 보
호 입원으로 전환되었다. 교수님과 상담할 때 퇴원을 요
구하면 교수님은 부모님과 상의하게 된다. 만약 교수님
과 부모님이 퇴원을 안 하는 게 좋겠다고 판단하면 보호

입원으로 바뀌게 된다. 보호 입원은 내가 동의하지 않고 입원했다는 뜻이다. 그래서 퇴원하는 것도 보호자와 정신과 전문의의 허락이 있어야지만 퇴원이 가능했다.

처음에는 내가 보호 입원 환자라는 걸 감당하고 인정하는 것이 힘들었다. 마치 퇴원을 절대 못 하는 사람이 된 것 같았다. 마음이 침울했고 눈 뜨기도 싫었다. 하루가 시작된다는 사실 자체도 끔찍했다. 병원이랑 집이랑 가까워서 창문으로 우리 아파트가 보였다. 그래서 더 집에 가고 싶었다. 퇴원이 당장 불가하다는 걸 인정하는 데도 시간이 꽤 오래 걸렸다.

이틀인가 지났을 때쯤 저녁 시간에 정신과 병동으로 옮겨진 할머니가 있었다. 할머니는 수액을 꽂고 계셨고 간호사님들께 소리쳤다.

"어차피 죽을 거니까 퇴원시켜, 당장. 집에 갈 거야."

큰 소리가 들려 병실에 나온 나는 할머니를 처음 보게 되었다. 그때 나는 "죽고 싶으니까 퇴원하게 해주세요. 여기서는 못 죽잖아요."라는 말을 입에 달고 살았다. 나랑 비슷한 처지인 할머니가 공감이 갔다. 그래서 더 할머니가 안쓰러워 보였다. '얼마나 힘든 세상을 살아오셨으면, 얼마나 공허하고 힘드셨으면 그러셨을까.'라는 생각에 마음이 너무 아팠다. 오지랖일지 몰라도 안아드리고 싶었다. 병동 규칙상 신체접촉은 금지되어 있지만 말이다.

할머니는 식사를 못 하고 오신 모양인지 배에서 꼬르륵 소리가 났다.

"선생님 편의점 좀 갔다 오면 안 되나요?"

폐쇄 병동이어서 기사님은 당연히 안 된다고 하셨다. 배가 고픈 할머니를 본 나는 지나치기가 어려웠다. 뭐라도 드리고 싶은 마음에 바나나 한 개를 내밀었다.

"식사 못 하시고 오셨나 봐요. 배고프시죠? 이거 좀 드세요."

말을 하고 할머니 대답을 기다리는데도 살짝 긴장이 되었다. 그때까지 내가 본 할머니는 병동에서 집에 보내달라고 소리치며 화내는 모습이었다. 내가 바나나를 드리는 게 불편하시지는 않을까, 동정의 의미로 받아들일 것 같아 무서웠다.

하지만 할머니는 따뜻하게 웃으시며 말했다.

"아이고 애기네, 애기. 네가 먹어. 나 괜찮아요."

안개가 껴도 괜찮아

할머니는 괜찮다 하시며 나 먹으라고 돌려주셨다. 나는 마침 한 개 더 있어서 할머니 손에 바나나 한 개를 꼭 쥐여 드렸다. 거부하셨던 할머니께서 좋아하신다. 웃으시면서 옆에서 TV 보고 있는 환자분께도 자랑하셨다.

"애기가 나한테 이런 것도 주네. 나 애기한테 이거 받았어요. 아이고, 좋아라."

그때 나도 병동에 와서 처음으로 마음이 따뜻해졌다. 내가 선의를 베풀어서 할머니가 웃으신 것에 바나나 하나 드린 걸로도 나는 세상을 다 가진 것 같은 기분이었다.

며칠 후에는 할머니의 병원 밥이 맛없다는 말을 듣고 내가 피자 한 조각을 드리려고 했다.

"할머니, 이것 좀 드세요. 식사가 입에 안 맞으시죠? 그래도 조금씩이라도 드셔야 해요."

할머니가 웃으시는 게 너무 곱고 예뻐서 나도 덩실 웃음이 났다. 나는 식탐이 많은 편이고 엄마가 살찐다며 음식을 갖다주는 걸 싫어하셨다. 아빠가 대부분 엄마 몰래 갖다주셨기 때문에 음식을 나눠드리는 건 엄청 큰 용기와 결심이었다. 나는 그만큼 할머니가 웃으시는 게 좋았다.

"할머니가 처음 오셨을 때 어차피 죽을 거니까 집에 보내달라고 하셨죠? 듣는 내내 마음이 아팠어요. 할머니, 저도 할머니랑 같은 마음이 들어서 여기 왔어요. 저도 열심히 살 테니까 무슨 일이 있어도 할머니의 소중한 삶 절대 포기하지 말아 주세요. 저희 행복한 날이 올 때까지 열심히 같이 노력해 봐요."

할머니는 자신이 그런 말을 했냐며 웃으셨다.

"아가씨, 고마워요. 뭐 때문에 왔어요, 아가씨는? 나는 알코올 때문에 왔어. 아가씨도 어서 퇴원해서 나가. 나도 그럴 테니까."

그날 할머니 말씀으로는 할머니는 알코올 의존증 때문에 가족들에 의해 입원되셨다고 한다. 할머니도 응급실로 오셔서 응급의학과에 입원하셨다가 정신과 병동으로 오신 거였다. 내 얘기를 길게 하지 않았다. 알코올 의존증을 가진 사람은 내 주변에 없었기에 어떻게 반응해야 하는지도 잘 몰랐고 혹여나 내가 상처를 드릴까 봐 조심조심 말을 했다. 한편으로는 얼마나 힘드셨길래 술이 몸에 안 좋은 걸 알면서 술에 의존하게 되었을까 싶었다.

할머니는 손자 얘기하시는 걸 좋아하셨다.

"첫째 놈은 말은 느렸지만 마음씨가 착해. 둘째 놈은 말이 빨라서 네 살인데도 말을 잘해. 둘째 놈은 '할무니, 할무니'하면서 '할무니 어디야? 보고 싶어.'라고 해."

손자가 보고 싶다며 웃으시는 할머니가 보기 좋았다.

어떤 날은 할머니와 같은 병실 환자분 부모님이 맛있는 걸 갖다주셔서 그걸 병실 사람들과 나눠 먹었다. 나는 다른 병실이어서 같이 먹진 못했지만 그 병실 문 앞에 딱 왔을 때 할머니가 웃으시며 말씀하셨다.

"짜잔! 우리 맛있는 거 먹는다!"

그때 기분을 잊지 못한다. 할머니가 밝아지신 것이 왠지 뿌듯했다. 나랑 나이대가 비슷한 환자분이랑 할머니는 웃으면 귀여우신 거 스스로 아는 것 같다고 말을 하기도 했다.

"할머니 웃으시는 게 너무 고우세요. 앞으로도 계속 그렇게 웃으면서 사셔요."

옆에 있던 언니가 그렇게 말씀드리자 할머니는 그 이후로 밥 먹을 때도, 양치할 때도, 휴게실에서 TV를 볼 때도 싱글벙글 웃으셨다. TV에 나온 가수가 잘 부른다고 행복해하시고, 환자들에게 빵을 건네면서도 웃으셨다. 마치 우리를 손녀처럼 대하셨다. 마음이 보드라워졌다. 귀가 안 좋으셔서 의사소통하는 데 조금 불편함이 있었지만 지금 할머니를 떠올리면 행복했던 기억밖에 안 떠오른다.

나도 힘들어서 왔지만 할머니를 만나고 할머니가 일상을 되찾는 과정을 보면서 덩달아 치료되는 기분이었다. 언제는 교수님과 면담 후에 퇴원을 못 한다는 사실에 눈물을 글썽였다. 할머니가 교수님께 왜 애를 울리냐며 나빴다고 한 말에 눈물이 쏙 들어가기도 했다.

어느 미술 요법 시간이었다.
"아이고, 얘가 말을 이쁘게 해요. 마음씨가 착해서는 왜 들어온지 모르겠네."
할머니는 내가 말을 예쁘게 한다고 칭찬하셨다. 내가 느꼈던 할머니의 고운 미소와 할머니가 느끼신 내 말에 녹아 있는 따뜻함이 잘 전달된 걸까?
"이슬이만 없으면 나는 잘 살 수 있는데…. 너는 절대

이슬이랑 가까이하지 마."

　타인을 웃게 하는 재주가 있으셨다. 이슬이라는 표현마저 나를 웃게 만들었다. 할머니는 내가 퇴원할 때까지 퇴원을 못 하셨다. 병동 밖으로 나오는 길에 꽃길만 걸으라고 말하시던 할머니 미소가 생생하다.

　다음에 할머니를 만나면 꼭 이 말을 전해드릴 것이다.
　"할머니, 할머니의 삶이 얼마나 고독하고 힘들었는지 모르지만 할머니 웃는 것도 고우시고 말도 예쁘게 해주시고 먹을 거 생기면 항상 나눠주시는 거 보면 할머니는 제게 착하고 예쁘신 할머니로 남을 거예요. 저에게 좋은 추억을 만들어 주셔서 감사합니다. 무슨 일이 있어도 할머니의 소중한 삶 포기하지 말아 달라는 말 기억하시죠? 꼭 저희 했던 약속 지켜주세요."
　분명 할머니는 웃으면서 대답하실 거다.

　여기는 마음이 아픈 사람들이 오는 곳이다. 마음이 아파서 몸도 아파진 사람들이 오기도 한다. 그렇다고 그런 사람들이 다 삶을 포기한 사람은 아니다. 삶을 포기하고 싶어서 그런데도 살고 싶어서 오기도 한다. 나도 그런 경우이다. 아픈 사람들이 모인 곳이라고 하면 병원이나 요양병원을 떠올린다. 그런 곳은 다들 조용하고 숙연한 분위기이다. 우리 병동과는 달리.

내가 있던 정신과 병동은 다들 으샤으샤 하는 분위기 속에서 낫고 싶어서 아등바등 기를 쓰며 애쓰는 곳이었다. 내가 그랬던 것처럼 여기 있는 걸 인정하기 힘들어하고 인정조차 하려고 하지 않고 속상해하던 환자도 몇 명 있다. 몇 날 며칠을 울면서 보내는 환자도 있었고, 밥을 거부하고 기사님들께 대드는 환자도 있었다. 그래도 결국에는 다른 환자와 치료자분의 설득 같은 대화 끝에 마음을 다잡은 사람도 있다. 나도 그랬듯이.

사람은 사람에게 상처받고 사람에게 치유받는다. 나도 그랬다. 사람에게 상처받아서 병원에 들어왔다. 물론 약이 낫게 해주는 것도 있지만 약이 치료해 주는 건 우울한 감정뿐이었다. 반면에 사람이 치유해 주는 건 아픈 기억이다. 할머니를 비롯한 다른 환자분들과 얘기를 하

면서 아픈 상처를 치유하고 다른 사람을 위로하며 자존
감도 쌓는다. 하나하나 아픈 기억을 치유하고 좋은 기억
을 많이 쌓아서 나는 오늘도 내일도 살아간다. 치유된 아
픈 기억들을 가지고. 우리가 아픈 기억을 안고 살아갈 날
이 오늘이고 내일일 거고 당신이 빛이 날 그날일 것이다.

To. 내게 흉터의 가치를 알려주신 1502호 할머니

할머니 안녕하세요! 할머니와 대략 3주간 같이 지냈
던 1503호 환자예요. 할머니 지금쯤은 퇴원하셨겠
죠? 가정으로 돌아가서 손자들과 그리고 아들, 따님
분과 행복한 시간 보내셨으면 좋겠어요. 할머니 덕
에 저도 치료 잘 받고 예상 기간보다 더 빨리 퇴원했
어요. 할머니 요즘은 어떠세요? 저는 아직도 처음 들
어올 때의 할머니 모습을 잊을 수 없어요. 수액을 몇
개씩이나 맞고 계셨고 몸도 많이 아파 보였어요. 할
머니와 저의 많고도 많은 추억들이 있는데 왜 그것만
기억에 남냐고요? 처음 들어오실 때랑 제가 퇴원하

기 전의 할머니 모습이 너무 달랐거든요.

제가 늘 말하지만 할머니는 웃으실 때 가장 아름다우세요. 저는 웃으면 되게 어색하고 억지로 웃는 느낌이 들거든요. 근데 할머니는 너무 이쁘게 진심으로 웃으시는 것 같아서 주변 사람들까지 행복하게 하는 매력이 있으세요!

저는 할머니가 어떤 삶을 살아왔는지 얼마나 힘드셨는지 몰라요. 그래서 전에 무슨 일이 있어도 삶을 포기하지 말자고 했던 말은 제 오지랖이었을 수도 있어요. 어느 부분에서는요. 그래도 저는 할머니가 스스로는 생을 마감하지 않으셨으면 좋겠어요. 할머니 몸 망치는 행동도 안 하셨으면 좋겠어요. 이번 병동에서는 알코올 때문에 들어온 환자분들을 할머니 포함해서 두 분 봤어요. 하지만 다른 분은 할머니처럼 할머니를 사랑해 주시고 할머니가 건강하시길 바라는 손자들과 자녀들이 있진 않아요. 힘듦의 정도를 비교하는 게 절대 아니에요. 주변 환경이 어떻든 힘든 건 마찬가지니까요. 그래도 건강하시길 바라는 가족들이 있으니까 몸 해치지 마시고 건강하게 사셨음 해요.

제게 많은 생각을 하게 한 할머니께 진심으로 감사를 표합니다. 너무 감사드려요. 할머니 덕분에 저도 한 발자국 성장할 수 있었어요.

따뜻한 햇살 같은 제 마음이 전해지길 바라요.

너무 우울해서 조금 죽고 싶었어요

어느 학교든 체육대회나 축제가 다가오면 학생들의
의지가 불타오른다. 체육대회는 보통 오뉴월에 열리다
보니 연습 과정에서 더위를 먹고 예민해지는 경우도 많
다. 오늘도 그랬다. 친구들 사이에 트러블이 생기고 분
위기가 안 좋아지면 점점 땡볕에 서 있는 다른 친구들까
지 싸움에 휘말리게 된다. 상처받는 사람이 생기기 마련
이다.

"개인전이 아니라 단체전이니까 너보다 많은 친구가
한 의견을 따르는 게 맞는 거 같아. 양해해 주면 좋겠어."

이 말을 들은 친구가 기분이 나빴는지 다른 친구들에

게 내 얘기를 부정적으로 하고 다녔다. 그리고 내게 와서는 사과하라고 했다. 내가 한 말이 감정이 들어가지 않았다고 하면 거짓말이지. 땡볕에 30분 이상 있어서 찌푸려진 눈을 본 친구는 당연히 짜증 났을 수도 있다. 그래서 나는 정중히 사과했다.

"그런 의도로 한 말은 아니었는데 기분 나빴으면 미안해. 근데 내가 우리 반의 일원으로서 충분히 할 수 있었던 말이라고 생각해."

사과하면서 내 입장을 정확히 밝혔다. 사과를 받고도 그 애는 다른 친구들한테 내가 사과했다는 걸 다 자랑하고 다녔다. 속상했다. 같은 반으로 한 달 이상 보면서 모두가 날 좋아할 수 없다. 그건 알고 있다. '굳이 그렇게까지 해야 했을까? 내가 뭘 잘못했지? 왜 날 싫어할까?' 라는 생각이 맴돌았다.

순간 내가 후회하는 것은 날 좋아하지 않는 사람한테까지 좋은 인상을 바란 내 욕심이었다. 그러지 않았다면 상처받을 일도 없을 것이다. 아, 물론 상처는 받았겠지. 상처받을 만한 행동을 했으니까. 나는 뒷담을 한 것보다 날 좋아하지 않는 친구가 생긴 게 더 무서웠다. 사람은 누군가가 날 싫어한다는 사실을 확신하게 될 때 좌절하게 된다. 아무리 멘탈이 강하고 잘 떨쳐내는 친구라도 속상해한다. 지속적으로 느끼는지 아닌지가 다른 거지. 그럴 필요 없다고 말해주고 싶다. '누구나 날 사랑해 줄 수는 없다.' 몇 번이고 들은 말인데 실천하는 건 어렵더라. 그래도 다짐한 것과 안 한 것은 또 다른 차이를 가지고 오니까 오늘도 다짐하자. 모든 사람에게 사랑받으려다가 상처받지 말자고.

안개가 껴도 괜찮아

우리 병동에는 조금 특이한 언니가 있었다. 여린 꽃 같았다. 말 그대로 여린 탓에 상처가 많았다. 꽃은 땅에서 자라면서 비도 맞고 바람도 이겨내면서 단단한 뿌리로 살게 된다. 언니처럼.

병동에서 본 언니는 숏컷에 마른 몸으로 나에게 말을 걸었다.

"오 안녕, 몇 살이야?"

그리고 소곤거리듯 뭐 때문에 왔냐고 물어봤다. 왠지 언니한테는 내 속 얘기를 하고 싶었다. 스스럼없이 내 이야기를 했다.

"힘들어서 제 삶을 포기하려 했어요."

그러자 언니는 안쓰럽다는 표정을 지었다.

"왜…. 너같이 예쁜 애가 왜…."

그리고 내 이름을 넣은 노래를 바로 만들어 줬다. 자기가 미친 사람처럼 보일지 몰라도 너무 무섭게 생각하지 말라는 말과 함께. 하지만 전혀 무섭지 않았다. 노랫말이 너무 예뻤고 다정한 진심이 내게 고스란히 전해졌기 때문이다.

"세상이 너무 힘들고 별로여도 포기하지 말렴. 네가 살기에는 세상이 나빠서 그래. 아름답고 고운 네가 여기로 피한 거지. 나의 애기. 나의 동생."

노래를 불러주는데 눈물이 덜컥 났다. 내가 나약해서 우울증에 걸렸다는 얘기는 많이 들었지만 이런 말은 처음 들어봤다.

그때 알았다. 언니가 얼마나 따뜻하고 부드러운 사람인지, 그리고 겸손한 사람인지. 나는 그날 언니를 처음 봤다. 내가 이 언니에게 내 사정을 바로 터놓아도 될 것 같다고 느낀 이유는 언니도 나처럼 아파 보여서이다. 그래서 날 더 공감해 줄 수 있을 것 같았다. 부드럽고 차분한 목소리에 나를 존중한다는 눈빛도 동시에 느껴졌다. 물론 아파 보인다고 맘대로 생각한 것은 무례한 게 맞지만 말이다.

개방 병동에서 상태가 안 좋아서 폐쇄 병동으로 왔다고 간호사님께 들었다. 환자들을 자극할 만한 대화 주제들은 절대 금지라고 덧붙였다. 언니는 밥을 먹고 잠을 자는 시간 외에는 피아노와 붙어서 생활했다. 처음 듣는 새로운 노래들을 매번 다른 가사로 부르는 게 신기했다. 자신을 싱어송라이터라고 소개하며 퇴원하면 자기의 버스킹에 꼭 와달라고 하였다.

만난 당일에는 몰랐지만 시간이 지나자 시끄럽고 거슬렸다. 첫날에는 약간 시끄러웠지만 보호 기사님과 간호사님이 시끄러우니 조금만 작게 불러달라는 말을 여러 번 했음에도 전혀 듣지 않고 무시하길래 듣고 있는 나조차 눈치가 보이는 정도였다. 게다가 피아노 소리도 엄청 크게 설정했다. 프로그램실과 가장 멀리 있던 내 병실에서도 노랫소리가 들렸으니 말이다. 모든 환자가 피해를 보지 않았다고 하면 거짓말이지. 피아노 소리 때문에 TV 소리도 안 들렸다. 머리까지 지끈거린다는 환자도 있었다.

어김없이 둘째 날, 셋째 날, 넷째 날…. 하루 종일 피아노 치면서 노래를 불렀다. 듣기 싫은 날도 있었지만 노래가 듣고 싶은 날에는 피아노 옆에 앉아서 노래를 들었다.
"어때?"
가끔씩 언니는 내게 감상평을 물어봤다. 나는 음악을 평가하는 건 처음이라 당황했다.
"언니 개성이 드러나는 곡인 것 같아요."
그때도 노랫소리가 거북한 느낌은 있었다. 가사도 비관적인 가사가 대부분이었기 때문이다.

언니를 전부터 알고 있던 환자에게 언니의 어머니가 스스로 목숨을 끊었다는 말을 듣게 되었다. 갑작스러운 얘기에 충격을 받았다. 이런 말을 제삼자한테 들어도 되는 건가 싶었다. 어디까지나 다른 환자에게 들은 말이라서 신경 쓰지 않았고 언니가 말하고 싶으면 먼저 말해주겠거니 싶어서 기다렸다. 그때부터 언니를 볼 때 지금까지 했던 오해와 미워했던 순간들이 미안해지기 시작했다. 그때부터 착하게 굴려고 노력했다. 언니는 환자를 대할 때 되게 조심스럽게 대했다. 말할 때 상처받을 만한 말을 한 것 같으면 급하게 바로 사과했다.

"혹시…. 반말해도 되나요?"

처음 만났을 때부터 언니는 나에게 반말을 했다. 초면에 반말해서 미안하다는 사과를 세 번이나 들었다. 반말해도 되냐는 말도 두 번 이상 들은 것 같다. 퇴원하기 며칠 전이 돼서야 말을 놨다.

새벽 3시에 화장실에 가려고 깼다. 언니 병실에 불이 켜져 있어서 아직 잠을 못 잤나? 싶었다. 그다음 날도 나는 3시에 화장실에 가려고 깼다. 어김없이 언니 병실에 불이 켜져 있었다. 5시까지 잠을 못 자서 5시에 휴게실로 나와서 공책에 끄적거리고 있었는데 언니가 나오더니 옆에 앉아도 되냐고 물었다. 그리고 이런저런 얘기를 하게 되었다.

"엄마가 너무너무 보고 싶지만 이제는 엄마가 한 선택을 존중하기로 했어. 나도 엄마의 마음을 조금은 알 것만 같거든. 이승과 저승이 연결되어 있다고 생각해. 그래서 내가 엄마를 아직 사랑할 수 있는 게 아닐까?"

순간 마음이 철렁했다. 알고 있는 사실이었지만 당사자에게 그 말을 들으니 어떻게 반응해야 할지 몰랐다. 소문이 아니라 사실이었다는 것에 마음이 불편했다. 잘못 말했다가는 상처를 줄 것 같기도 했다. 내가 어떤 말을 해야 할지 모르는 걸 티 냈나 보다. 언니는 먼저 대화 주제를 돌렸다.

"아니다. 내가 괜한 걸 말했나 봐. 괜히 신경 쓰게 해서 미안."

말을 돌리는 언니를 바라보며 속상했다. 어머니의 마음과 그 선택을 한 이유를 이제 알 것 같다고 한 말이 신경 쓰였다. 언니도 그만큼 힘들다는 뜻이니까. 나도 그 선택을 했었고 이번에도 해서 입원한 나여서 '남아서 살아야 하는 우리 가족들의 마음이 언니의 마음일까. 우리 엄마도 언니처럼 되었을까.'라는 생각에 무섭고 미안했다.

그래서 그런지 언니에게도 힘이 되는 사람이고 싶었다. 언니는 내게 '얼음공주'라는 별명을 붙여줬다. 내가 한없이 도도하고 시크한 사람처럼 냉철하다고 하더라. 나는 되게 착하게 굴려고 노력했지만 또 마음 한구석에는 내가 허브 언니의 힘이 되려고 하다가 오히려 독이 될 수도 있다는 생각과 내가 지칠 것 같다는 이기심에 더 냉철하게 군 것 같기도 하다.

　언니는 남자들에 대한 트라우마가 있다고 했다. 그리고 지금 트라우마를 이겨냈다고 덧붙였다. 나도 몇 번 느껴서 대충 짐작은 하고 있었다. 우리 병동을 지켜주시는 보호 기사님들에게 욕설과 수치심을 느낄만한 말을 해댔으니 우리 병동에서 그걸 모르는 사람이 있을 리가. 툭하면 욕설을 하고 여자들은 남자들보다 우월한 존재라고 생각했다. 모든 남자가 여자만 보는 흔히 말하는 여미새인 것마냥 말을 하면서 기사님들에게 여자 볼 수 있는 직업이라 좋냐는 둥 이런 식의 말을 많이 했다.
　"같이 뒤질래?"
　언니가 기사님께 참지 못하고 또 심한 말을 하는 걸

들었다.

"너 같은 건 세상에 없어야 해. 나도 나쁜 놈이니까 나도 죽을게. 그 대신 너도 죽어."

이런 말을 아무렇지 않게 기사님 귀에 대고 말을 하는 언니가 밉기도 했다. 기사님도 너무 힘들어 보여서 내가 눈치가 보이기도 했고. 나랑 얘기하다가 기사님께 욕설을 할 때면 내가 언니를 자극했나 싶어서 기사님께 사과를 드리기도 했다.

"기사님, 죄송해요. 제가 언니를 자극한 것 같아요."

하지만 기사님은 내 잘못이 아니니 미안해하지 말라고 했다. 언니가 어떤 인생을 살았는지 몰라도 다른 사람에게 상처를 주는 게 정당화될 수 있나? 싶었다. 이건 상처를 주는 것뿐만이 아니라 다른 사람의 인격을 추락시키는 행위였다. 환자라는 이유로 상처를 주고 화를 내는 언니가 너무 미웠다. 그때부터 나는 거리를 두기 시작했다. 언니에게 화를 내기도 했고 이제 기사님 미워하는 거 그만하자고 말하기도 했다. 그럴 때마다 알겠다고 했지만 효과는 몇십 분 만에 없어졌다. 달라지는 건 없었다.

기사님은 내게 환자가 자극될 수 있어서 불편하면 간
호사님께 바로 말하고 직접적으로 언니에게 말하지 말
라고 했다. 그래서 신경 안 쓰려고 노력하고 지냈다. 너
무 시끄럽게 난동을 피울 때면 인상을 찌푸리기도 했고,
화장실에 깜빡하고 놓고 온 내 칫솔로 바닥 청소를 하는
당황스러운 일도 있었다. 화가 난 순간도 많았지만 익숙
해졌다. 언니는 그런 행동을 하면 퇴원이 안 된다는 걸
아는 건지 아니면 약이 잘 맞아서 증상을 눌러주는 건지
잘 모르겠지만 그런 공격적인 행동들이 줄기 시작했다.
언니는 기사님을 보면 주체되지 않는 감정이 있는 것 같
았다. 그래서 1인실을 쓰고 있던 언니의 병실 문에 '간
호사님 외에 출입 금지'라고 써놓고 밖에 나오지 않았
다. 밥을 받을 때, 식판을 내놓을 때, 화장실에 갈 때 빼
고는 방에 계속 있었다. 격하게 표현하지 않기 위해 어
떻게든 노력하는 언니를 보니까 마음이 찡했다.

  방에 혼자 있는 게 얼마나 답답한지 나는 격리된 적이
있어서 잘 알았다. 그래서 기사님께 심한 말을 안 하려
고 노력하는 언니의 모습이 안쓰러웠다. 이제 다른 환자

들도 눈치를 보지 않아도 되고 피해를 받지 않으니 마음을 열고 언니가 나올 때면 먼저 말을 걸기도 했다. 밥은 먹었는지, 잠은 잘 잤는지.

언니는 소리가 잘 안 들리시는 할아버지에게 따뜻한 위로를 건네기도 했다.

"에이, 아버님 잘못 살았다니요. 세상에 잘못된 길은 없어요. 만약 있더라도 잘못된 길이 아닌 남들과 다른 길일 거예요. 그 길에는 나무가 많아요? 꽃이 많아요? 할아버지가 좋아하는 게 꽃이면 꽃길을 가는 거고 할아버지가 좋아하는 게 나무면 나무가 많은 길에 갈 뿐이에요."

또 언니는 어지러우신 할머니께 식판을 가져다 드리는 선한 행동을 아무렇지 않게 했다.

운동을 하고 싶다고 하시는 할머니에게 탁구 치는 법을 천천히 가르쳐 드리며 1시간 동안 탁구를 치기도 했다. 다른 환자의 테이프를 빌렸는데 잃어버렸다며 진정성 있게 사과하고 더 많은 간식을 주기도 했다. 그런 언니의 마음씨는 착해 보였다. 하늘은 무심하기도 하지. 어쩜 착하고 고운 사람에게 이런 시련을 줬을까? 선한 말을 아무렇지 않게 하는 언니의 순수함과 상대를 웃게 만드는 해피 바이러스 같은 매력들이 너무 신기했다. 듣고 보기만 하는 나에게도 위로를 줄 수 있는 엄청난 능력이 있는 언니였다.

언니는 샤워할 때 노래를 부르면서 40분 이상 한다. 어떨 때는 샤워하면서 배를 '타다다다닥' 치는 소리가 휴게실까지 들려서 다른 환자들과 웃은 적도 있었다. 또 노래 말고도 대화하는 말소리가 들리기도 한다. 누구와 대화하는지는 모르겠지만 말이다. 언니는 하루에 두 번 샤워하는 날이 많아서 하루에 80분 이상 샤워하다 보니 다른 환자들이 샤워를 못 할 때도 있었다.

샤워실 뿐만 아니라 화장실까지 물 폭탄을 만들어 놓아서 청소 여사님이 되게 고생하셨다. 언니는 이런 행동을 퍼포먼스라고 불렀다. 간호사님도 교수님도 퍼포먼스를 그만하는 게 어떻겠냐는 말을 계속한 것 같았다. 처음에는 "이건 퍼포먼스고 나는 환자라서 괜찮다."라고 하여 퍼포먼스를 안 할 생각이 없어 보였다. '기사님과 청소 여사님들이 고생하시겠구나.' 싶었지만 3일 정도 후에는 놀라운 광경을 목격했다. 화장실의 휴지로 물기를 하나하나 닦기 시작했다. 다 씻고 깨끗하게 옷을 갈아입은 상태에서 화장실 바닥에 무릎을 꿇고 휴지로 물기를 닦고 나오는데 바지가 다 젖어 있었다.

"어 잠시만 이거 닦고 들어와 줄래? 아직 미끄럽거든."

이렇게 말하며 바닥을 닦는 모습을 보면서 짠하면서도 마음이 아팠다. 샤워실은 화장실 안에 있어서 너무 오래 씻으면 물이 흥건해질 수밖에 없는 구조였다. 언니는 물을 다 뿌려놓기도 했으니 샤워실 문밖으로 물을 안 새게 하기 위해 언니의 옷으로 막아놓은 적도 있었다. 물기를 닦으면서도 물을 뿌릴 수밖에 없는 언니의 마음은 뭘까 싶었다.

"있잖아, 나도 퍼포먼스 하기 싫어. 하면 사람들이 너무 힘들어하는 것 같아. 나 이제 그만할까?"

"다른 사람들이 힘들어서 언니도 힘들다면 그렇게 하는 게 맞지 않을까? 근데 언니가 안 하고 버틸 수 있는 감정들이라면 안 하는 게 맞는 것 같아."

내가 말했다. 다른 사람들이 힘든 걸 알면서도 그렇게

밖에 할 수 없었던 언니의 마음은 뭘까? 그렇게 해야지 사랑받을 수 있었나, 아니면 주체할 수 없는 어떤 감정들이 언니를 괴롭히는 걸까?

언니는 병동에 같이 지냈던 환자들 중 내 인생을 한 번 더 돌아보게 하는 사람이었다. 언니의 소소한 말 하나하나 그리고 써주는 쪽지들과 시들을 보면서 생각이 깊어졌다. 언니는 나에게 응원한다는 쪽지와 편지를 많이 써 줬고 시도 선물 받았다. 받을 때마다 좋았던 건 아니었다. 몇 번은 '또 시작이네.'라고 생각하며 속으로 짜증 내기도 했다. 나도 마음이 힘든 상태라 가끔씩 하나하나 반응해 주기 힘들었다. 지금은 어디 갔는지 모르겠지만 말이다. 내가 언니를 미워하고 귀찮아했던 날이 있어서 언니가 나아지고 상대한테 피해를 안 주려고 노력하는 모습을 보고 미안하기도 했다. 그래서 더 생각이 깊어졌다.

"너무 예쁜 애기, 네 덕분에 웃는 날이 많았어. 생각 정리도 많이 된 것 같고! 이제 헤어지게 돼서 아쉽지만 앞으로 행복하게 지내."

그 언니는 나보다 10살 넘게 많은데도 항상 나를 존중해 주며 말을 했다. 지금 생각해서 남는 건 언니에 대한 미움이 아닌 미안함뿐이라 더 마음이 아프고 힘들었다. 그러나 언니 덕분에 세상을 다른 관점으로 볼 수 있었다. 그 점이 너무너무 고맙다. 나를 성장시켜 준 것 같았다.

언니를 볼 수 있다면 언니가 저번에 그려줬던 꽃과 닮은 장미 두 송이를 선물하고 싶다. 편지와 함께. 장미 두 송이를 선물한 건 장미의 꽃말이 열렬한 사랑이어서. 언니가 사랑하는 분에게도 열렬한 사랑 주길 바란다고. 그리고 꼭 누구에게든 열렬한 사랑 받으라고, 그럴 자격 있다고 말해주고 싶었다.

To. 정말 행복하게 살길 바라는 희포 언니

언니 안녕! 나 1503호실에 있던 동생이야. 언니가 제일 마지막으로 퇴원할 거라 하더니. 진짜 이루어졌네. 병동에는 새로운 사람 들어왔어? 언니가 병동에

서까지 외롭게 지내지 않았으면 좋겠다. 언니만 따라오면 다 나을 수 있다더니. 이게 뭐야. 언니만 못 나았잖아. 얼른 나와서 행복하게 살면 좋겠다.

언니, 나보단 언니야말로 여리고 상처가 많은 꽃 같았어. 언니가 이상했던 게 아니라 이 세상이 언니에게는 너무 나빴어. 언니가 버티지 못할 만큼의 많은 일이 언니를 덮쳤어. 신이 있다면 어쩜 언니에게 이럴 수 있을까. 내가 신을 볼 수 있다면 꼭 물을 거야.

"시련을 사람들에게 골고루 나눠줘야지 왜 뭉쳐서 나눠준 거예요? 사람들이 버티지 못할 만큼 힘들어해요."

내가 언니 대신 따져줄게. 이 세상에 일어난 모든 일들은 언니 탓이 아니야. 그리고 언니 내게 새로운 시선으로 세상을 바라볼 수 있게 해줘서 너무 고마워. 아무것도 모르고 언니를 미워해서 미안해. 언니 꼭 행복해 줘. 부탁이야. 내가 응원할게.

언니가 행복하길 바라는 1호 팬이

너무 우울해서 조금 죽고 싶었어요

병동에 이런 언니도 있고 웃으시는 게 예쁘신 할머니도 있어서 내가 보호 입원 환자라는 걸 인정할 수 있었냐고? 반은 맞고 반은 아니다. 이런 병동이 전에 입원했던 개인병원 병동처럼 나쁘지 않다는 것도 안다. 나보다 더 증상이 심하지 않은 사람을, 나보다 더 증상이 심한 사람도 보면서 다들 살려고 이렇게 애쓰는구나.' 싶었던 것도 맞다. 그런 모습이 나에게 위로가 된 것도 맞다. 사람들에게 받은 상처가 치유되는 것도 맞다. 아무리 병동에 있는 게 장점이 크다고 해도 내가 병동에 있으면서 생기는 답답함과 나아지지 않는 우울감이 사라지는 건 아니었다.

흥분했을 때, 혹은 자해를 했을 때는 따로 안정제를 먹었다. 그 안정제조차 잠이 안 오고 효과가 없어서 입원 초반에는 치료가 전혀 안 되는 느낌이었다. 사람으로부터 치유받은 걸로 내가 보호 입원 환자라는 걸 인정시켜 주는 것도 아니었다. 온전히 나는 생각하는 시간을 갖고 지금 내가 해야 할 건 뭔지 생각했다. 그 시간을 버티니까 시간이 해결해 준 것 같다. 시간이 나를 더 침착

안개가 껴도 괜찮아

하게 만들었고 시야를 넓혀서 더 넓은 면적을 바라볼 수
있게 했다.

   사람으로부터 받는 치유로 해결하는 것, 시간이 해결
해 주는 것과 약이 증상을 완화하는 것도 한계가 있다.
내가 생각지도 못할 때 그 모든 게 조화를 이루어서 나
를 조금씩 낫게 해준다.

제2장

나를 사랑해서
너무 아팠어요

내가 본 드라마 중에 정신과 병동에 관한 이야기를 다루는 드라마가 있었다. 거기서 기억나는 건 단 한 장면. 특정 간호사를 좋아한 환자가 간호사에게 관심을 받으려 한다. 그걸 눈치챈 간호사가 거리를 두자, 환자가 간호사에게 한 말이다.

"저는 선생님이 저를 좋아해 주셨으면 좋겠어요."

그러자 간호사는 저보다 환자분이 자신을 더 좋아해 주라고 말을 한다.

어쩌면 열세 살의 나에게 꼭 필요한 말이었을지도 모

른다. 열셋의 나는 내가 날 사랑할 줄 몰라서, 어쩌면 사랑할 수 없어서 남에게서 사랑을 바랐다. 날 사랑하는 법을 모르니까 내 마음속에 늘 있는 공허함은 채워지지 않았고 사랑을 받아도 더 큰 사랑을 계속 바랐다. 그래서 상대는 처음에 몇 번 관심을 가져주고 사랑을 줬지만 점점 지쳐버리고 이별을 고한다. 당연한 거였다. 사람들은 자기가 가장 먼저이고 그건 이기적인 게 아니니까. 자신을 사랑하는 법도 몰랐지만 남이 내게 주는 사랑을 인정하고 받아들이는 것도 몰랐던 게 아니었을까? 그게 우울증의 시작이었을까? 나는 나를 사랑해 본 적이 없어서일까, 내게 사랑을 주는 법을 몰랐다. 그랬다는 사실을 인정하는 데도 시간이 많이 걸렸고 자신을 사랑하는 방법을 아는 데도 오래 걸렸다.

"파도처럼 우울감이 몰아쳐 오는 날이 있는 반면에 다시 밀려 나가는 날이 있으니까 너무 걱정하지 마. 이대로 아무것도 안 해도 되니까 버텨보자."

상담 선생님이나 정신과 의사 선생님에게 이런 말을 많이 들었다. 유난히 우울한 날이 있고 행복까지는 아니더라도 나쁘지 않았던 날이 있기 마련이다. 우리는 알고 있다. 우울감이 매 순간 계속 지속되지 않는다는 걸. 우리는 시간을 멈추고 싶다고 해도 뜻대로 멈춰지지 않고 계속 흘러가는 삶을 살고 있다. 그래서 오늘 우울하더라도 너무 절망하지 말자. 내일은 어떨지 모르니까. 내일도 우울하든 행복하든 나 스스로의 편에 서서 말해줘야 한다. 괜찮다고. 이 어둠도 지나갈 것이라고.

나는 그런 말을 못 했다. 돌아보면 적게는 한 달, 길게는 2~3년 동안 우울함만 느꼈다고 생각했다. 분명히 긍정적인 감정이 있었는데 부정적인 감정들이 그걸 꿀꺽 삼켜버렸다. 그래서 때로는 우울감이 스스로 흘러나가기도 한다는 전문가의 말을 믿지 않았다. 내 아픔을 단순화시키고 무시하는 느낌이 들어서 오히려 속상해지기도 했다. 그럴 때면 상담 선생님은 이렇게 말했다.

"누가 너의 아픔을 알아주고 인정해 주면 좋겠니?"

이 말을 듣자 벌거벗겨진 느낌이 들었다. 누가 내 마음을 알아줬으면 좋겠는 건 나만 있는 욕구는 아니다. 하지만 나는 그 욕구가 더 강하다. 사실 인정하기 힘들었다. 요즘 유행하는 단어인 '패션우울'이라는 말이 내 이름표가 된 것만 같았다. 남이 내 마음을 알아주길 바라는 그 마음을 사회적인 시선 때문에 내가 부정했다.

"병동에서 언니들이 제가 패션자해 한다고 괴롭혔어요. 저는 자해하는 걸 숨기고 다녀요. 인스타에 올리지도 않고요. 트위터도 안 해요. 근데 왜 그렇게 생각했을까요?"

상담 선생님께 이런 말을 한 적이 있다. 내가 자해하는 게 패션자해라고 생각할 만큼 내가 그렇게 행동한 게 있을까 봐 너무 무서웠다.

"네가 하는 거랑 인스타 같은 곳에 올리는 친구들이랑은 양상이 다르지. 근데 너는 다른 사람들에게 따뜻한 관심을 받고 싶은 마음이 있잖아. 그걸 자해를 보여주는 식으로 표현하는 게 아니라 다른 방식으로 표현하지. 힘들다고 말로 표현하는 것처럼. 상담실에 오는 이유도 그거 아니야?"

상담 선생님의 말 한마디에 몇 년간 해오던 고민이 사라진 기분이었다. 안도감이 들었다.

안개가 껴도 괜찮아

관심받고 싶어 하는 것이 다른 사람에게 불편을 끼친다는 사회적 인식이 있는 것 같다. 우울증이 있는 사람이 아니더라도 누구나 관심받고 싶어 한다. 그래서 열심히 공부를 하고 칭찬으로 관심을 받고 싶어 하는 사람도 있고, 관심받기 위해 대회를 열심히 준비해서 상을 타기도 한다. 관심받고 싶어 하는 모든 사람이 상대에게 피해를 주는 건 아니다. 자신의 힘든 것으로 관심을 받기 위해 노력하는 사람이 주변에 있더라도 나쁘게 생각하지 말자. 불편하면 불편하다고 말하되 그 사람한테 상처 주지는 말자. 사람을 대하는 방법을 잘 모르는 것이니.

슬픔을 나누면 반이 되고 기쁨을 나누면 두 배가 된다는 말이 있다. 나는 슬픔의 반이 상대에게 떠넘기면서 내 슬픔을 전염시키는 거라고 생각했다. 아니더라. 상대에게 내 슬픔을 나누면 상대가 하는 위로나 조언에 내 슬픔의 반이 따뜻하게 사라지는 것이지 상대에게 반을 떠넘기는 게 아니다. 만약 상대가 슬픔에 전염된다면 그건 상대가 남의 슬픔을 대처하는 법을 몰랐기 때문이다. 누구나 자기가 먼저이기 때문에 남의 고민을 자세히 기

억하지는 않더라. 그러니까 너무 힘들면 혼자 앓지 말고
주변 사람들에게 믿고 털어놓자.

안개가 껴도 괜찮아

　자기 자신을 사랑하고 완벽하길 바라서 아팠던 친구
가 있었다. 많은 사람은 자신을 사랑한다는 이유로 가장
모질게 대한다. 남들한테도 듣지 못한 상처받을 만한 말
들을 자기 자신한테 하기 마련이다. 푸른이라는 친구도
사랑하는 방법을 잘못 알아서 자기 자신을 더 홀대했던
친구였다. 그 친구는 나와 나이가 같았고 학교를 자퇴하
고 싶어 했다. 학교 친구들은 피어싱을 여러 개 하고 탈
색했고 흉터가 보이게 반팔을 입고 다니는 그 푸른이를
무서워하고 일진, 관종이라고 부르며 같이 놀지 않았다
고 했다. 마음속은 따뜻하고 진심으로 내가 낫길 바랐던

푸른이인데 학교에선 자신을 이해해 주는 친구들이 없다며 속상해했다. 자기 자신을 다 드러내고 다닌 푸른이와 달리 친구들은 그걸 받아들이지 못했던 것 같다.

푸른이는 우리가 흔히 말하는 오타쿠, 지뢰계였다. 나는 이쪽을 전혀 모르고 관심도 없어서 모든 환자에게 오타쿠냐고 묻는 푸른이와 이쪽 대화는 길게 하지 못했지만 푸른이의 버킷리스트 중 하나인 10cm 통굽이 있는 신발을 사서 퇴원하면 홍대에 신고 갈 거라고 했던 기억이 난다. 아마 지금쯤이면 그걸 신고 다니겠지.

그 친구는 식이장애가 있었다. 특히 거식증이 심했던 것 같다. 자기 자신에게 너무 엄격했던 나머지 자신을 너무 가혹하게 대했다. 자신을 채찍질하면서 먹지 말라고, 먹었으면 토해내라고 속으로 몇십 번이나 이런 말을 했을까…. 아마도 몇백 번은 더 말했겠지. 역류성 식도염과 기립성 저혈압이 생길 때까지 자신의 몸을 악착같이 괴롭힌 푸른이의 마음은 어떨지 짐작도 할 수 없었다. 몇 번이고 쓰러져도 더 빼야 한다고 계속 빼야 한다

안개가 껴도 괜찮아

고 자기 자신에게 혹독하게 굴었을 생각을 해보니 심란
했다.

'프로아나'라고 아는가? 거식증을 옹호하고 지나치게
마른 것을 추구하는 사람을 일컫는다. 푸른이는 프로아
나가 되고 싶어 했다. 누가 봐도 이미 저체중인데 지나
치게 마르고 싶어 했다.

나도 식이장애까지는 아니지만 2~3주 정도 밥을 거
의 이틀에 한 끼 정도 먹고 14kg을 뺀 적이 있었다. 그
때 하면 안 됐을 행동이지만 먹고 토하는 방법도 많이
사용했다. 그러다 보니 역류성 식도염과 위염이 같이 와
서 나중에는 토를 하고 싶지 않아도 하게 되었다. 속이
너무 뒤집어져서 어쩔 수 없이 토해내게 된 것이다. 거
의 넉 달에서 다섯 달가량을 그렇게 고생했을 것이다.
나는 짧으니까 다행이지 그 친구는 이미 그런 상황을 몇
년째 겪고 있다니까 내가 겪었던 것의 몇 배는 더 아팠
을 것 같았다. 의사도 아닌 내가 감히 그 친구에겐 아무
말도 해주지 못했다. 나이대가 같아서 더 말을 조심했

다. 괜스레 충고한다고 느낄 것 같았다.

　나도 식이장애 비슷하게 있었지만 그때도 많이 먹으라는 말, 억지로라도 먹으라는 말을 제일 싫어했다. 지켜보는 사람은 속이 타들어 가서 그 말밖에 못 해주는 건 알았지만 말이다. 나도 그 친구한테는 해줄 수 있는 말이 그거밖에 없어서 아무 말도 못 했다. 그 말은 너무 많이 들어왔을 것이고 내가 한다고 달라지지 않았을 것 같았다. 게다가 나는 좋은 관계를 유지하고 싶었다. 그 친구가 내게 도움이 된 만큼 나도 그 친구에게 도움이 되고 싶었다. 내가 울 때는 푸른이가 휴지를 가져와서 손에 쥐여줬고 푸른이가 울 때는 나도 그렇게 했다. 고마운 게 너무 많은 푸른이한테 '네가 낫길 바라고 있어. 행복하길 바라.'라는 메시지를 전해주려고 노력했다.

식이장애는 자신이 낫고자 하는 의지가 있어야지 나을 수 있다고 생각한다. 낫는 과정이 너무 힘들어서 마음이 아팠을 뿐이었다. 밥을 먹으면 화장실로 달려가는 그 친구에게는 또 토했냐고 묻는 관심보다 불가피한 그 행동에 관심을 주지 않는 게 낫다고 생각했다.

그 친구는 일주일 정도 입원하고 금방 퇴원했다. 병동에 남아 있을 때 가끔씩 그 친구와 했던 얘기들과 어떤 얘기 없이도 웃었던 날들이 떠오르곤 했다. 남은 환자들과 그 친구에 대한 이야기가 나오면 항상 웃으면서 이야기를 할 수 있었다.

"언니…. 푸른이 가니까 너무 허전해요. 보고 싶다."

그래도 나아져서 퇴원한 거니까 좋은 거라고 생각하고 더 이상 생각하지 않으려고 애썼다.

사실상 불가능한 일이지만 외래에서 다시 보게 된다면 양말을 선물하고 싶다. 내가 베이지색 양말밖에 없어서 흰색 양말을 신고 싶다고 하니까 바로 나에게 줬다. 그래서 나도 푸른이와 닮은 예쁜 양말을 선물하고 싶다.

만약 주변 사람 중에 무슨 위로를 해도 조언을 줘도 도움이 안 되는 사람이 있다면 그건 당신이 해결해 줄 수 있는 게 아니다. 너무 '해결'에만 포커스를 두지 말자. 묵묵히 "어디 가지 않고 곁에서 널 응원할게."라는 말을 해주는 게 더 도움이 되지 않을까?

지극히 내 의견이지만, 주변 사람이 아무것도 해줄 수 없는 상황이라면 자신도 자기를 위해 무언가를 할 수 없는 상태이거나 방법을 모르는 거일 수도 있다. 운동을 억지로 시킨다고, 아니면 어떻게 해서든 방에서 끄집어

내려고 한다고 해서 그 사람이 나아진다는 보장이 없다. 운동해야겠다, 밖에 나가야겠다고 스스로 생각하지 않는 이상 그건 아무 효과가 없다. 오히려 역효과만 일어나는 경우가 대부분이다. '너의 곁을 지켜줄게. 너의 선택을 존중해. 네가 조금이나마 나아지길 바라.'라는 마음으로 곁에 있어주는 것, 그것보다 더 위로가 되는 건 없었다. 그냥 옆에 같이 있어주자.

　친구가 힘들다고 하면 나는 절대 가볍게 듣지 않았다. 그런 말 한 마디 한 마디를 되새기며 그 친구에게 어떻게 하면 도움을 줄 수 있을지 생각했다. 디엠으로 편지를 써주기도 한다. 무슨 말을 해도 위로가 안 될 정도라면 나는 그 친구 집에 놀러 가서 맛있는 걸 먹일 것이다. 사소한 웃음이라도 지을 수 있게 해주려고 한다. 먹는걸 싫어하지 않는 친구라면 웬만해서는 기분이 좋아질 것이다. 사람마다 성향은 달라서 싫어할 수도 있겠지만 그 친구의 기분이 좋아지기 위해 내가 노력한다는 걸 알게 되면 해줄 말은 없더라도 기분이 좋아질 수도 있다. 나아지길 바란다는 걸 전하려고 노력하는 모습조차 위로가 될 때도 있다. '아 저 친구가 내가 행복하길 바라구나.'라는 생각이 들게끔 내 편이 있다는 걸 몸으로 알려주자.

제3장

· ·

살고 싶었지만 죽고 싶었던 내가 싫었어요

힘들 때는 다른 거 생각하지 말고
충분히 힘들어하세요,
그래야지 일어날 수 있습니다

두 번째 입원을 마치기 전까지 4년 동안 상담을 받았지만 정작 지금 내가 왜 힘든지 알 수 없었다. 그때 전까지만 해도 이유 없는 우울감이라고 감정에 이름을 만들어서 담아놨다. '이렇게 죽고 싶고 힘든데 이유가 없다니? 정작 나도 내가 왜 힘든지 모른다면 내 감정은 거짓된 감정이 아닐까? 나는 힘들면 안 되는 사람인가 보다.' 싶어서 자책하기도 했다. 상담 중에 상담 선생님은 죽고 싶어 하는 내가 너무 답답했는지 이런 말도 하셨다.

"네가 힘든 이유가 뭐가 있다고 자꾸 죽으려 해? 부모님이 없어, 아니면 지금 당장 먹을 밥이 없니? 잘 살 수

살고 싶었지만 죽고 싶었던 내가 싫었어요

있잖아."

처음에는 그 말에 상처받아서 몇 주 동안 상담을 빠지기도 했다. 그 후에 상담 때 선생님은 내 마음을 몰라줘서 미안하다며 눈물을 보이기도 하셨다. 하지만 나는 그 말을 잊지 못한다. 그때 이후로 내가 진짜 힘든 이유가 없는데도 힘든 것인지 생각하고 생각했다. 분명히 어릴 때는 힘든 이유가 있었다. 따돌림 가해자로 몰린 것, 가정에서 나오는 스트레스, 공부, 은따와 같이 힘든 이유가 항상 존재했다. 지금은 아니다. 그냥 숨 쉬는 거 자체가 힘들고 괴로웠다. 이유를 모른 채 힘들고 괴로우니 너무 억울했다. '내 감정이 거짓인가?'라는 생각까지 했었다. 상담 선생님과 얘기하던 중 나 스스로 이런 말을 했다.

"감정으로는 죽고 싶은데 머리로는 살고 싶어 하는 것 같아요. 두 생각이 충돌해서 저를 더 힘들게 하는 것 같아요. 차라리 그냥 죽고 싶기만 하면 나을 텐데요."

그러자 선생님은 내 머리는 엄청나게 많은 생각을 하지만 그중에 반대의 생각이 존재하는 것뿐이라고. 네가

안개가 껴도 괜찮아

가지고 있는 양면성이 너를 힘들게 하는 것 같다고 말씀하셨다. 나는 죽고 싶은 생각이 커질 때면 살고 싶은 생각이 사라졌으면 좋겠다고 생각했던 것이다. 하지만 두 생각은 늘 같이 공존한다. 크기의 차이일 뿐이지 하나가 완전히 사라질 수가 없다. 그래서 힘든 것이었다. 싫어할 필요가 없었다. 그런 나를 싫어하기 시작하면 영원히 나 자신을 부인해야 하고 싫어해야 하기 때문에 그건 나 자신을 더 힘들게 하는 길이다. 죽고 싶을 때 살고 싶은 감정이 들더라도 자기 자신을 너무 학대하지 말자. 살고 싶어 하는 건 정말 당연한 생존본능이다.

"너 자신을 속이지 마. 그 감정은 네가 있는 이상 얼마든지 존재할 거니까. 그리고 그 감정이 있기 때문에 지금의 나도 있는 거야. 그때 죽고 싶다는 감정에 앞서 죽어버렸다면 지금의 나 또한 없었겠지. 네가 너무 힘들고 막막하고 절망스러워서 자살을 생각할 때, 그때 살아줘서 고마워. 힘들어도 버텨줘서 너무 고마워. 네가 그때 버텨줘서 오늘 맛있는 삼계탕을 먹을 수도 있었고 엄마와 웃으면서 놀 수도 있었어. 글을 쓸 수도 있고. 네 덕분에 오늘의 내 하루는 축복받았어. 너무 고마워. 그러니까 너 자신을 속이려 하지 마. 네가 어떻든 널 응원해 줄 사람은 어디에나 있어."

　죽고 싶었지만 살고 싶다는 감정이 싫었던 그때의 나로 돌아간다면 이 말을 꼭 해주고 싶다.

　힘들면 그만큼 성장할 수 있었던 만큼 땅을 찍으면 쭉 올라갈 수 있는 탄력성이 생긴다. 힘들었던 거에 비해 몇 배는 더 높이 성장할 것이다. 그러니 아파할 때는 충분히 아파해도 된다. 행복한 날은 곧 올 테니.

　나랑 같은 날에 입원한 언니가 있었다. 서른한 살에 동의입원으로 들어온 언니. 언니는 자신이 암 환자라고 뒤늦게 말했다. 마약성 진통제를 쓰기 전까지 몸이 아프지 않기 위해 술을 마셨다고 했다. 술을 먹고 잠들어 버리면 통증을 최소한 몇 시간은 못 느낄 수 있어서 매일매일 마시다 보니 진통제를 먹으면서도 계속 마시게 되어버린 것이다.

　그래도 술을 조심히 마셨어야 했는데 너무 많이 마신 나머지 몸이 안 좋아져서 응급실로 실려 왔다고 한다. 염증 수치가 낮아진 후에 응급입원으로 정신과 병동에 왔다. 나는 오전 11시쯤 병동에 왔고 언니는 밤 10시에 정신과 병동으로 올라왔다고 했다. 그 언니와는 정말 많은 대화를 했다. 같은 시기에 입원해 같은 시기에 퇴원했고, 둘 다 교수님이 쉽사리 퇴원을 말해주지 않아서 서로 더 의지하게 되었다. 처지가 비슷했기 때문이다.

내가 자해충동이 사그라지지 않을 때 옆에서 할 수 있다고 괜찮다고 말을 해줬고 어떻게 하면 나아서 퇴원할 수 있을지 같이 여러 번 같이 고민했다. 나도 언니가 어떻게 하면 퇴원할 수 있을지 같이 고민해 보고 싶었다. 내가 겪어본 일이 아니라서 어떻게 하면 교수님이 퇴원시켜 주실지 떠올리는 건 결코 쉬운 일이 아니었다. 자해를 하려고 했을 때 내 옆에서 웃픈 농담도 치면서 내 곁을 지켜줬던 언니였다. 나는 언니를 위해 해준 게 없어서 나올 때 안아주고 잘 지내라고 할 때 너무 속상했다. 내가 먼저 퇴원해서 너무 미안했다. 내가 퇴원할 때 비슷한 연령대는 나랑 언니뿐이었다. 언니가 너무 외로울 것 같았다.

서른한 살의 언니는 나보다 나이가 많았고 인생 선배
같은 느낌이라서 평소에도 고민이 생기면 편하게 터놓
을 수 있었다. 나아지려고 노력을 하는 와중에도 '우울'
이라는 친구가 내 방문을 두드리고 들어오려는 날이면
언니를 찾아갔다. '내가 살고 싶어서 사는 게 아닌 누군
가에 의해 살아간다면 그게 후회하지 않을 인생을 사는
것일까?'라는 의문이 생겼다. 어김없이 언니에게 찾아
가서 고민을 터놓았다.

　"언니 누군가를 위해 죽고 싶은데도 살아가는 게 정말
옳은 걸까? 내가 사는 이유가 내가 아닌 다른 사람이 된
다면 힘들 때마다 그 사람을 너무 원망하게 될 것 같아."

　돌아오는 언니의 대답을 처음에는 이해하기 어려웠다.
　"그 말은 이 세상에 아직 너를 버티게 하는 누군가가
있다는 거네. 너무 행운인 거지. 그 사람이 슬퍼할까 봐
네가 못 죽는 것은 그 사람이 눈에 넣어도 안 아플 만큼
소중한 존재라는 거니까. 그 사람이 아프지 않았으면 하
는 네 마음이 너무 예쁘기만 한데? 힘든 상황에서도 남
을 먼저 생각하는 네 마음 말이야."

살고 싶었지만 죽고 싶었던 내가 싫었어요

언니 말이 맞았다. 내가 죽지 않았으면 바라는 사람이 있다는 것만 해도 내 인생의 엄청 큰 영광이었다.

지금 당신이 너무 힘들어서 이제는 미래가 보이지 않고 막막할 때 삶을 포기하고 싶다는 생각이 든다면 아무 대가 없이 당신이 행복하길 바라는 부모님을 떠올리고, 죽었다는 소식을 듣고 슬퍼할 당신과 관련된 모든 사람을 떠올리자. 나는 늘 그래왔듯이 앞으로도 그럴 것이다. 나도 안다. 그런 생각하기 싫을 정도로 당신이 힘들다는 거. 효과가 없을 수 있다. 근데 30초라도 시간을 벌 수 있다. 그 30초는 다른 사람에게 도움을 요청할 수 있는 소중한 시간이다. 당신이 그렇게 해서라도 살았으면 좋겠다. 과거의 나처럼 그 사람들이 원망스러워질 수 있다. 괜히 그 사람 때문에 고통에서 못 벗어난다는 거니까. 그럴 수 있다. 그래도 나 하나가 죽기 위해서 살길 바라는 모든 사람의 진심, 그리고 마음이 물거품이 되도록 두는 것은 하지 말자.

안개가 껴도 괜찮아

우리 병동에 주말이 되면 사람이 별로 없다. 그래서 또래의 환자를 자연스레 기다리게 되는데 새로운 환자가 들어온다고 하면 아침부터 설레서 기다리고 있다. 마침 나보다 나이가 한 살 어린 동생이었다. 막상 처음 들어오면 새로운 곳이 낯설고 두렵기 마련인데 하늘이는 아니었나 보다.

"언니 팔 너무 아파 보여요. 괜찮아요?"

나한테 건넨 첫마디가 손목 상처를 걱정하는 말이었다. 처음 보는 하늘이가 내 상처에 대해 걱정을 해줘서 당황했다. '내 몸 중에 팔에 상처가 가장 먼저 보였구나.'

라는 생각이 문득 들었다. 걱정되진 않았다. 팔을 가릴 수 있는 건 뭐든지 있으니까. 단지, '하늘이도 자해를 하니까 팔이 먼저 보이지 않을까.'라는 생각이 들었다.

"친구가 겁줘서 잔뜩 긴장하고 들어왔는데 사람 사는 분위기라 다행이네요."

하늘이의 말에 긴장이 풀렸다. 옆에 있던 푸른이는 당연히 사람 사는 곳이고 다 착하다고 말하며 대화를 이어나갔다. 하늘이는 우울증이 심각하다고 청소년 담당 교수님이 입원하라고 계속 말했는데도 입원 안 하고 있었다고 한다. 그날도 교수님이 입원을 권유하셔서 아버지가 입원하자고 했다고 한다. 하늘이는 철학적인 질문을 좋아했다. '인생이란 뭘까? 나는 왜 사는 걸까?'라는 질문에 답을 찾기 위해 노력하는 것 같았다.

"내가 이렇게까지 힘들게 노력하면서 살아야 하나?"

하늘이가 던진 말에 주변의 공기가 싸해졌다. 그리고 옆에 있던 다른 성인 환자분이 말했다. 다들 그렇게 사니까 너도 살아야 한다고 말이다.

과연 그럴까? 남들이 다 힘들게 버티고 아등바등 사

니까 나도 남들과 같은 힘든 길을 살아내야 하는 걸까? '다른 사람들도 다 그렇게 사니까.'라는 말은 내 사전에 없다. 다른 사람이 어떻게 살든 나는 내가 사는 이유를 찾으면 된다. 이유를 찾으려고 하면 할수록 고독해질 수 있지만 하늘이처럼 자신의 정체성을 찾고 존재감을 느끼고 싶어 하는 것은 정말 대단한 거니까. 하늘이의 노력에 나도 가슴이 따뜻해졌다.

지금까지는 행복한 기억 덕분에 살고 싶었다. 또 불행한 기억 때문에 죽고 싶었다. 앞으로도 그럴 예정이다. 죽고 싶어 하고 살고 싶어 하며 하루하루 살아갈 것이다. 입원 전에도 입원 후에도 늘 그랬듯이.

"오랜 기간 동안 이런 주제로 고민을 해야 하고 오래 힘들 것 같아요."

상담 선생님이 엄마에게 한 말이다. 나는 기질 자체가 그래서 오랜 시간 동안 '왜 살아야 하고 언제까지 이렇게까지 힘들게 살아야 할까?'를 고민해 왔고 고민해야 할 것이라고 했다.

그 말을 처음 들었을 때 '아 나는 쉽게 나을 순 없겠구나.' 싶었다. 하루는 부정적인 생각을 안 하려고 애썼고, 우울이라는 감정이 노크하고 들어오는 날에는 노크해 줘서 고맙다는 듯이 우울이랑 같이 침대에 누워서 호흡했다. 같이 누워서 울었다. 사람도 공감을 받으면 힘을 내듯이 내 머릿속의 감정도 공감을 받고 내가 위로해 주면 힘을 내어 우울도 방문을 살포시 닫고 나간다.

처음 날 상담해 주신 상담 선생님이 내게 이런 말을 했다.

"사람은 몸과 마음이랑 생각이 있는데 마음이 아프면 생각이 왜 아프냐고 닦달하는 게 아니라 보듬어 주고 위로해 줘야 해. 그래야지 마음도 힘을 내서 이겨내지."

그 말을 상담할 때마다 들으니까 또 이 말이냐고 지루해하기도 했다. 그때는 그 말이 무슨 뜻인지 생각하고 고민해 볼 힘이 없었으니 그랬겠지.

안개가 껴도 괜찮아

익숙한
우울이라는 녀석!

　나는 우울이라는 감정이 제일 익숙하다. 몇 년간 우울
했고 행복하더라도 '금방 우울해지겠지.'라며 아무 노력
을 하지 않았다. 우울함 속이 익숙해서 나오고 싶지 않
았던 때가 있었다. 새로운 감정을 느끼는 게 무서웠고,
나아진다는 게 나를 더 힘들게 할 것 같다는 생각이 들
때였다. 오히려 더 두려웠다. 우울하지 않은 나의 모습
은 상상할 수가 없어서 두렵고 무서웠다. 과거의 나는
행복한 모습이 있었고 그때마다 고민이 있었다. 그걸 해
결하려고 노력했다. 그러면서 자존감이 올라가기도 하
는데 그걸 외면하고 나를 더 우울감에 파묻히게 만들었

다. 익숙한 우울함보다 행복했을 때 찾아오는 고민들이 나를 더 힘들게 한다고 생각했다.

　그런 나를 비난하고 채찍질했다. 나약하고 찌질한 사람이라면서. 조금 우울하면 어때, 왜 그렇게 내가 나를 힘들게 했을까? 3년이 지난 이제야 상담 선생님의 말이 이해가 된다. 보듬어 주고 위로해 줘야 앞으로 나아갈 힘이 생기는 거였는데, 또 과거를 흘려보내기도 해야 내가 한 계단 더 올라가고 성장할 수 있는데 '후회하지 않고 낙심하지 말아야지.' 매번 다짐한다. 오늘도 하나하나 연습했다고 생각하자.

안개가 껴도 괜찮아

제4장

그동안의 노력은
내가 살기 위해 몸부림쳤던 것

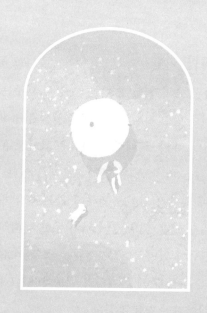

나에겐 나를 사랑해 주는 친구가 있고 나만 바라보는 우리 강아지 쵸파가 있다. 나를 늘 응원해 주는 부모님이 있고 나를 항상 지지하는 상담 선생님과 정신과 선생님도 계신다. 내가 울 때면 내 눈물을 닦아줄 휴지가 있고, 먹고 싶을 때 먹을 수 있는 요플레가 있다. 혼자 있고 싶을 때 방패가 되어줄 방문이 있고 시간 개념을 알려줄 시계가 있다. 내 말을 귀담아 주고 이해해 주시는 담임 선생님이 있다. 그러므로 나는 죽을 이유가 없다. 이 모든 게 나를 위해 존재하기 때문이다. 그래서 오늘도 나는 살아가는 것을 택한다.

적으려면 이 책의 분량보다 훨씬 많이 적을 수 있다. 우리에겐 사소하지만 감사한 게 많기 때문이다. 내가 감사할 만한 무언가를 주신 것 자체로 감사하다. 당신이 죽고 싶다면 그 감정을 느끼기 전에 했던 사소한 것을 생각해 보자. 회사에 있었다면 일할 수 있는 회사가 있어 감사한 거고, 손을 씻고 있었다면 손을 씻을 수 있는 물이 있어서 감사한 것이다.

원래 나는 사소한 것에 의미를 부여하는 것을 즐겨 했었다. 이런 방법으로 자해충동이 들었을 때나 삶이 부질없게 느껴질 때 위기를 넘기기도 했다. 자살이라는 생각과 우울이라는 구덩이에서 벗어나게 해주지는 않지만 설령 죽는다 하더라도 내 인생에서 감사해야 할 것들이 얼마나 많은데, 그런 생각을 해보고 죽는 건 다르다. 물론 죽지는 않겠지만 그런 생각 하나하나가 쌓이면서 위기를 넘긴다.

할머니께서 나아질 가능성이 없고 산소 호흡기를 끼고 연명 치료를 해야 한다고 하면 당신은 어떻게 할 건가? 나는 그렇게 지속되는 삶은 내 삶의 일부분이 아니라고 생각한다. 내 삶과 죽음이 타인에 의해 결정되고 나는 선택할 수 없는 상황이라고 하면 나는 너무 절망스럽지 않을까? 고통스러운 과정으로 삶을 연장한다고 해서 끝이 없는 건 아니다. 나는 최대한 고통스러운 부분을 줄여야 한다고 생각한다.

이거와 같이 몇 주 동안 고민하고 고민해도 살 이유가 없고 삶이 너무 괴롭고 더 이상 미래가 안 보인다면 나는 그렇게 고통스럽게 삶을 지속하는 걸 바라지 않는다. 너무 힘들고 아프면, 죽지 않으면 내 고통이 끝나지 않는단 걸 최소 6개월은 고민해 봤을 때 나는 살라고 말하지 않겠다. 그 대신 죽기 전에 지금까지 해보고 싶었던 것, 아니면 당장 떠오르는 그 무언가를 마음껏 해보고 죽어라. 바다에서 헤엄쳤던 내가 떠오른다면 당장 바다로 가는 표를 끊고 바다로 가자. 어차피 죽기로 마음먹은 거면 학교나 회사가 나에겐 아무 소용이 없다. 살기 위함이자 죽기 위한 최소한의 일탈을 해보자. 놀이공원에 가고 싶다면 가서 롤러코스터도 타고 판다도 보자.

그렇게 하다 보면 '평생 이렇게 살고 싶다.'라는 생각
이 든다. 나도 그렇고 내가 본 사람도 그랬다. 살고 싶다
고 생각이 들었고 어떻게 살고 싶은지도 알았다면 자신
이 원하는 삶의 모양이 되기 위해 노력하면 된다. 나를
포함한 많은 사람이 노력하는 대로 꼭 이루어지길 빌 테
니 지금 당장 그게 어렵더라도 너무 낙심하지 말고 살아
가자.

생각만 해도 싱글벙글 웃음이 나는 사람, 진심으로 활
짝 웃으며 해피 바이러스를 풍기는 사람이 되고 싶었다.
주변 친구 중에 그런 친구가 있었고, 인기도 많고 전교
회장이었다. 그 친구가 한껏 부러웠다. 그 친구처럼 되
고 싶었던 나머지, 웃음에만 너무 포커스를 맞춰서 거
짓 웃음을 짓게 되었다. 거짓을 들킬까 봐 두려워서 나
를 더 학대했다. 내가 원하는 삶의 방향은 이게 아니었
는데. 하루하루 글을 쓰면서 이번 연도의 내 목표는 진
심으로 방긋방긋 웃는 날이 많아지기, 그게 내가 원하는
삶의 모양이다. 불행하거나 속상한 일이 생겼을 때 가장
먼저 우는 사람이 아니라 괜찮다고 수고했다고 위로해

주는 사람이 되고 싶다. 다른 사람에게 좋은 영향을 주는 사람이.

저번에 다녔던 병원 의사 선생님이 세상은 동화처럼 화창한 게 아니라는 걸 알려주려고 하셨다. 세상 사람들도 다 힘든 순간이 있고, 나만 유별나게 힘든 게 아니라는 걸 알려주고 싶어 하셨다. 나는 안다. 나만 유별나게 힘든 게 아니라는 걸 너무나도 잘 안다. 그렇다고 해도 내가 마음이 아픈 사람이라는 건 변하지 않는다. 나는 '누구나 다 힘드니까. 나만 힘든 것도 아닌데 내가 아파하면 안 되지.'라는 생각이 내 머릿속을 가득 채웠다. 나를 자책했고 난 이기적이고 개인적인 사람이라고 생각했다.

"힘들 땐 내가 제일 힘든 거예요. 그건 이기적인 게 아니에요."

백세희 작가님이 〈세바시〉 강연에서 한 말이다. 듣자마자 '완전 나한테 필요한 말이었네!'라고 생각했다. 사람의 아픔은 상대적인 것이다. 상황이 얼마나 힘든지는

그동안의 노력은 내가 살기 위해 몸부림쳤던 것

중요하지 않다. 사람마다 아픔을 받아들이는 크기는 천차만별이니까.

　일반적인 사람이라면 아파하지 않을 만한 상황에서 내가 아파한다고 해도 그건 잘못이 아니다. 단지 내가 상황을 받아들이는 크기가 남들과 달랐을 뿐이다. 그러니 자책하지 말자. 힘들 땐 내가 제일 힘든 거니까. 남들이 내 기준이 되지 말자. 그들과 나는 애초에 다른 사람일뿐더러 살아온 방식과 기질, 성격이 정말 다르다. 당연히 그럴 수 있는 거다. 당신은 당신이라는 기준에서 세상을 바라봐야 하고 나는 나의 기준에서 세상을 바라봐야 한다. 그래야지 더 건강하게 살아갈 수 있다.

　자신을 '조현정동장애'로 소개했던 수박 언니. 차분히 언니의 입에서 나오는 말들은 다 자신의 힘들었던 과거를 나타내는 말이었다.

　"그땐 내가 너무 아파서 몇 달 내내 방에서 나오지도 않고 잠도 4일에 몇 시간 자기도 했어. 부모님이 정 안 되겠다고 생각하셨는지 구급차가 방 앞까지 와서 이 병원으로 왔어."

　내가 처음 입원했을 때는 집중 치료실인 1인실에 혼자 있었다. 언니의 존재감조차 몰랐다. 하루 지나고 나서 언니가 병동에 있었던 걸 알게 되었을 만큼 조용한 언니였다. 지금은 약이 잘 맞춰져서 조금은 나아졌다고 했다.

"여기는 격리를 따로 안 하나 봐요? 1인실이 격리실인 줄 알았는데 자유롭게 나올 수 있네요."

내가 전에 있던 병원은 안정실, 즉 1인실은 격리할 때만 사용하는 곳이라서 늘 자물쇠가 채워져 있었다. 간호사실 안에 안정실이 있어서 밖에 있는 형태인 여기는 처음에는 안정실이 없는 줄 알았다.

"격리하지. 1인실이 격리실인데 격리 안 할 때는 문을 안 잠가. 난 강박도 당했었어. 화가 조절이 안 돼서 화장실 문을 부수고 보안팀 올라와서 강박했었지."

전혀 그렇게 보이지 않았다. 내가 왔을 때만 해도 너무 얌전하고 조용한 분이었다.

다른 환자들의 갈등 속에서도 평온을 유지했다. 어떤 환자가 다른 환자를 욕하려고 하면 절대 끼지 않았다.

"아 난 제삼자라서 누가 잘못했는지 잘 모르겠어."

누가 뭐라고 해도 자기만의 선을 잘 지키며 상대방과의 불필요한 건 없애는 정확한 언니이다. 푸른이와 다른 환자가 싸웠을 때도 절대 끼지 않고 아무렇지 않게 평온을 유지했다. 나는 그런 언니가 너무 멋있었다. 멘탈도 강한 것 같았다.

"교수님이 알아서 퇴원시켜 주시겠지. 교수님이 하라는 대로 해야지. 나야 다음 주에 퇴원하면 좋지. 근데 해도 되고 안 해도 돼."

해탈한 건가 싶을 정도로 언니는 '평화' 그 자체였다. 내가 입원한 지 4일째에 퇴원할 거라고 말했던 수박 언니는 내게 이런 말을 했다.

"날 여기 넣었던 부모님을 원망했던 것, 미운 거, 화나는 거 모두 병동에서만 하려고. 나가면 미워하는 것보단 낫게 해주신 것에 대한 감사함이 더 클 것 같아. 그게 내 진심이기도 하고."

그 당시의 나는 그 말을 이해하지 못했다. 입원을 원하지 않은 환자를 보호 입원시켰는데 어떻게 부모님이 안 밉지? 부모님 때문에 갇혀서 한 달을 보냈는데도? 이해할 수 없었다. 수박 언니는 예정대로 다음 주에 퇴원했다. 나는 낫고 싶지 않고 치료를 거부했으니까 언니가 퇴원하고 며칠 후에 보호 입원으로 바뀌었다. 전혀 예상하지 못했다. 동의입원에서 퇴원하고 싶다고 한 환자는 많았고 나만 보호 입원으로 바뀌는 게 억울했다. 부모님이 너무 미웠다. 보호 입원이 되는 서류를 간호사님은 내게 줬고 나는 사인 안 하면 보호 입원 처리 불가하냐고 물었다.

"그거 사인 안 해도 퇴원할 수는 없어요. 보호 입원이니까. 그래도 사인하세요."

"저희 엄마는 절대로 보호 입원으로 안 바꿀 거예요. 그래야만 해요. 부모님이 반대하면 안 바뀌는 거죠?"

나는 확신에 찬 목소리로 말했다. 부모님도 동의해야 보호 입원으로 전환되는 거라서 나는 엄마가 반대할 거라고 생각했다. 9장이나 똑같은 서류가 있었다. 그리고 그걸 다 썼다. 엄마가 보호 입원은 거부할 거라 생각했으니까.

보호 입원이 완료되었다는 종이를 받기 전까지 말이다. 입원 유형이 바뀐 사유는 '자해 위험성 높음'이었다.

이 부분은 나도 인정한다. 내가 병동에서 자해를 여러 번 하기는 했으니까. 머리로는 이해가 되지만 마음으로는 이해가 안 된다. 간호사님이 보호 입원 권리 고지가 완료되었다는 서류를 침대 위에 뒤집어서 올려놓으셨다.

"너무 많이 생각하지 말아요."

너무 속상했다. 진짜 이렇게 될 줄은 몰랐다.

부모님이 미웠고 배신당한 느낌이 들어서 간호사님이 부모님이 전화 기다리니까 전화하라고 해도 하고 싶지가 않았다. 하루에 많으면 두 번, 적으면 한 번씩 전화하면서 불만을 표현했다. 현실을 인정하고 지금 내가 할 수 있는 것을 찾는 건 절대 쉽지 않았다.

"힘들다. 병원이 싫다. 엄마가 밉다. 죽고 싶다. 답답하다. 칼로 긋고 싶다. 자해하고 싶다. 퇴원하고 싶다. 마주치고 싶지 않은 사람이랑 하루 종일 같이 있어야 하는 게 너무 싫다. 세상에서 잊히고 싶다. 이제 행복을 바라기에는 너무 멀리 와버렸다."

그동안의 노력은 내가 살기 위해 몸부림쳤던 것

내가 퇴원을 하고 싶다고 울면서 썼던 일기의 일부분이다. 너무 힘들고 버거웠다. 일기를 보면 알겠지만 이런 내용의 글이 A4용지 6장을 채워서 쓸 정도였다. 너무 힘든 시간을 보냈다. 힘들수록 자해의 횟수는 늘어났다. 그러니 퇴원시켜 줄 리가. 얼마나 답답하셨으면 병동에서 우리를 보호하는 기사님이 그렇게 자해를 하는데 퇴원시켜 주겠냐며 충고 아닌 충고를 할 정도였다.

여기서 퇴원을 못 한 채 계속 이러고 있을 수는 없었다. 같은 병실을 쓰는 여러 사람을 통해 현실을 수긍하고 마음을 다잡았다. 퇴원하기 위해 여러 가지 노력을 했다. 일단 자해를 끊었고 잠잘 때 잠이 안 오거나 악몽을 꾼다면 어떻게 할지, 학교에서 자해하고 싶거나 자살하고 싶을 때 어떻게 할지를 적었다. 그 외의 시간에는 가족과 다툼이 있을 때, 이유 없이 기분이 안 좋을 때, 공부하다가 지칠 때, 숨만 쉬어도 버겁게 느껴질 때 등등 어떻게 해결할지를 썼다. 주로 어떤 상황에서 어떤 감정이 느껴지고 어떻게 해결할지를 썼다. 엄청 노력했고 고민했다.

자해를 끊는 것부터가 쉽지 않은 일이었다. 원래 잘 웃는 성격에 충동이 올라왔다는 걸 말할 용기가 없었다. 방금까지 웃고 있던 애가 뭔 자해냐고 할 것 같았다. 그래도 노력했다. 자해충동이 올라오면 바로바로 비상약을 먹었다. 간호사님이 어떻게 생각하실지 눈치 안 보려고 했다. 퇴원하기 위한, 그리고 나아지기 위한 발악이었다.

　"부모님은 어떤 사람이야? 부모님이 밉니?"
　누가 묻는다면 나는 단연코 이렇게 말할 것이다. "엄마, 아빠는 세상에서 날 잃는 게 제일 두려운 사람이에요. 내가 낫길 바라서 내가 병동에 있으면 힘든 걸 아는데도 보호 입원을 승낙했던 거예요. 조금 미웠지만 이제는 괜찮아요. 결국 좋아져서 퇴원했고 지독한 우울감과 자살충동이 줄었으니까요. 이제는 일상을 웃으면서 살 수 있어요."

그동안의 노력은 내가 살기 위해 몸부림쳤던 것

내가 정신과에 입원하기 전 응급실에 같이 가던 엄마의 표정을 잊을 수 없어. 너무 충격받고, 배신감에 지배된 표정 같았어. 사실 엄마를 본 후에는 속이 아픈지도 몰랐어요. 엄마를 보니까 너무 죄책감이 들어서 마음 한편이 아려서 속이 아픈지도 모르겠더라고. 엄마, 아빠 미안해요. 못난 딸이라.

미안한 마음 가지고 퇴원하기 위해 열심히 노력했어요. 나아지려고 노력했고 만약에 자해충동이 들었을 때 어떻게 대처할 건지, 그리고 이유 없는 우울감이 내 삶을 녹일 때면 어떻게 할 건지 고민하고 또 고민했어요.

나를 위해서, 그리고 나를 너무 사랑하는 우리 엄마, 아빠를 위해서. 내가 가끔씩 내가 이렇게 된 건 엄마, 아빠 때문이라는 가슴에 비수를 꽂는 말을 하곤 했어요. 사실 나는 엄마, 아빠 때문에 지금까지 버틸 수 있었는데, 그렇게 말해서 죄송해요. 엄마, 아빠는 제 인생에서 최고의 스승이자 친구였어요. 날 잃는 게 세상에서 제일 두려운 엄마, 그리고 아빠! 병원에서 퇴원 안 시켜준다고 미워해서 미안해. 퇴원한 후인 이제야 엄마의 마음과 아빠의 사랑을 깨달아서 미안해요.

내 인생에서 내가 행복하길 바라고, 죽지 않길 바라는 정말 소중한 가족이 있다는 건 내 인생 최대의 행운이었어요. 지금까지 저와 함께 아파해 주셔서 감사합니다. 지금의 제가 있게 만들어 주셔서 감사합니다.

2024년의 어린이날에
사랑받고 큰 엄마, 아빠의 딸이

부모가 아기를 과잉보호해도, 아니면 너무 풀어놓고 키워도 어떻게든 자녀의 원망을 받는다. 내 부모님도 그랬고, "부모도 부모가 처음이라."라는 말은 너무 많이 들어봤을 것이다. 내 친구는 그 글귀를 듣고 자녀도 자녀

그동안의 노력은 내가 살기 위해 몸부림쳤던 것

가 처음인데 잘못하면 왜 혼나냐고 물었다. 그때는 한창 사춘기였고 반항하고 싶었으니까 부모님의 마음을 몰랐다. 지금 내게 "부모도 부모가 처음이라."라는 말에 동의하냐고 묻는다면 동의한다고 할 것이다. 부모님의 딸, 아들에 대한 죄책감은 우리가 꾸중을 듣고 난 속상함과는 비교도 안 될 만큼 크기 때문이다.

'나 때문에 아이가 아픈가?', '내가 뭘 잘못한 걸까?' 등등 생각이 꼬리에 꼬리를 물어 계속 늘어날 것이다. 내가 엄마 때문에 너무 힘들고 지친다고 이제 죽고 싶다고 엄마에게 말한 날 엄마의 얼굴을 이제야 떠올려서 너무 죄송하다. 눈은 퀭하고 잠은 못 자서 굉장히 피곤한데 밥도 못 먹은 상태의 나에게 그럼 자기가 뭘 도대체 더 해줘야 하냐고 묻던 엄마에게 나는 화 말고 다른 방법으로 표현할 순 없었을까? 문을 쾅 닫고 방으로 들어와서 울다가 배고파서 식탁에 가니까 엄마가 예쁘게 차려놓은 밥 한 상이 있었다. 그땐 그냥 화나서 반항심에 먹지 않을까 했지만 그냥저냥 먹었다.

이런 일은 그때 한 번 있었던 게 아니다. 엄마도 엄마

로서 최선을 다했는데 나는 엄마의 최선 때문에 아팠던 거니까 누구의 잘못도 아니다. 하지만 그것 때문에 일방적으로 내 투정을 들어야 했던 엄마의 마음, 그리고 그 후에 몰려오는 죄책감을 만든 내 잘못은 조금이라도 있지 않을까?

그동안의 노력은 내가 살기 위해 몸부림쳤던 것

병동에서 만난 이렇게 많은 사람의 이야기를 써왔고 지금부터 쓸 거지만, 이번에는 내 이야기를 써보려고 한다. 정작 나는 병동에서 어떤 사람으로 남을까 생각해 봤다. 아직 이야기하지 않은 나무 언니의 편지 중 일부분이다.

"처음 너를 보면서 굉장히 사랑스러운 아이라고 생각했어. 다정하고 사랑이 넘치는 아이라고 느꼈지만 너무 힘들어해서 자주 눈길이 갔어. 항상 응원하고 사랑해~"

내가 가장 정서적으로 지지했던 언니였다. 편지지 뒷 장에는 나와 닮았다고 한, 케이크를 들고 있는 소녀의 스티커를 붙여줬다.

나는 사실 처음에는 치료에 협조하지 않는 환자였다. 자해를 하면 병실에 들어가지 못하고 휴게실에 2시간 나와 있어야 한다는 규칙을 교수님께서 만드셨지만 나는 며칠 안 하고 벌 받는 느낌이라며 싫다 했다.

"환자분이 의사고 환자분 같은 환자를 만난다면 퇴원 시킬 건가요?"

내가 퇴원시켜 달라고, 절대 안 나을 거고 지금까지도 그래왔으니까 퇴원시켜 달라고만 일주일이 넘게 말하 니까 교수님이 나에게 물은 거였다.

"당연하죠. 나아질 가능성이 없으니까요. 어차피 제가 거짓말하고 나가서 죽으려 해도 교수님은 모르잖아요."

난 이렇게 답했다. 그때는 그게 당연하다고 생각했다. 계속 낫지 않았기 때문에 절망감이 컸다. 그리고 치료 과정 중에 병동에서 계속 답답하게 있어야 한 게 끔찍이 도 싫어서 낫든 안 낫든 퇴원을 꼭 하고 싶었다.

그동안의 노력은 내가 살기 위해 몸부림쳤던 것

"물론 그렇죠. 아직도 그렇게 생각한다니 안타깝군요."

내가 보호 입원 환자라는 걸 인정하지 않았을 때이다. 그렇게 말하면 당연히 퇴원을 안 시켜준다는 걸 그때는 알고도 그렇게 했다. 마음이 그래서 어쩔 수 없었다.

"병원 침대에 누워 있는 것도 힘들어서 미치겠어….온 팔이 상처투성이라 침대 바닥에 닿으면 진물이 새어 나와서 너무 불편해. 상처는 곪았는지 팔에 못 박는 느낌이 나…. 왜 이렇게 세상은 날 힘들게 할까? 많이 울어서 울고 싶어도 숨이 턱턱 막히고 눈물도 안 나와."

"나아지고 싶은데 잘 안돼서 더 힘들고 고통스러워요."

입원 중에 일기로 썼던 말들이다. 숨 쉬는 것조차 버거웠다. 아무것도 하고 싶지 않았고 나가는 것만 생각했다.

퇴원을 하려면 이런 말 하면 안 된다고 느끼고 거짓말

하기도 했다. 교수님이 어떻게 지냈냐고 했을 때 모르겠다고 했다. 자해도 했냐고 물어서 했어도 앞으로는 간호사실에 말 안 할 거라고 했다. 참, 하면 안 될 소리를 다 했다. 그때 나는 너무 화가 나 있었다. 대화를 하던 중에 거짓말한 게 찔려서 진짜 이렇게 거짓말해도 되는 건가 싶었다. 부모님 생각이 났다. 그래서 솔직히 말해버렸다.

"아 모르겠어요. 자꾸 퇴원하려고 거짓말이 나오는 것 같기도 해요."

솔직하게 말하니까 퇴원은 못 할 거라는 절망감에 고개를 숙였다.

"아, 그렇군요. 그렇죠."

교수님의 대답은 의미심장했다. 내 입으로 거짓말했다고 말 한 이상, 앞으로 거짓말을 한다고 해서 퇴원할 수 없을 것 같았다. 거짓말하는 건 아닌 것 같다고 생각했는지, 아니면 난 거짓말을 못 하니까 진심으로 그렇게 말해야겠다고 생각했는지는 모르지만 그 후부터 치료에 협조해야겠다고 생각했다. 교수님의 영향도 있었고, 주변 환자들이 퇴원하는 걸 보면서 부러운 것도 있었다. 퇴원하는 환자들이 마지막으로 인사할 때마다 꼭 나아

108

그동안의 노력은 내가 살기 위해 몸부림쳤던 것

서 퇴원하라고, 꼭 행복해 달라고 안아주는 걸 여러 차
례 보면서 '아, 나도 퇴원하고 싶다. 나도 행복해지고 싶
다.'라고 느꼈다.

입원한 이유(자살/자해 위험성 높음, 나아질 의지 및 가
능성 없다고 생각함)와 퇴원하는 방법(자해 멈추기, 우울
증 극복하려고 노력하기, 죽고 싶다는 생각에 빠지지 않기)
을 적기 시작했다. 자살하고 싶은 이유와 자해하려는 이
유를 명확하게 찾고 자살 사고를 줄이는 방법과 자해를
멈추는 법을 생각해 냈다. 머리가 지끈거리고 서러워서
많이 울었다. 쉬운 시간은 아니었다. 늪에서 빠져나올
돌파구를 스스로 찾은 것 같아서 뿌듯했다.

회복과 악화의 쳇바퀴 속에서 '나는 이제 방법이 없구
나.'라는 절망과 좌절로 고통받고 있다면 나을 수 있다
고 말해주고 싶다. 행복하고 싶다는 생각만 있으면 된
다. 할 수 있다, 당신이라서.

"언젠가 나아질 거야."라는 말은 못 한다. 힘들 때 '언

젠가'라는 말이 제일 듣기 싫었다. 남들 다 나아지는데 나만 안 된다고 생각했다. 정신과 의사 선생님이나 상담 선생님은 여러 정신병을 공부했겠지만 겪어보진 않았다. 그분들의 나아질 수 있다는 말은 믿을 수 있을까? 적어도 나는 아니다. 겪어보지 않은 일을 어떻게 장담할까? 게다가 유튜브에 나온 경험자의 우울증 관련 강연에서는 "우울증은 나아지는 병이 아니다. 평생 안고 사는 병이다."라고 말하는데 어떻게 믿겠는가? 나아진다는 기준은 사람마다 다르고 우울증은 기질의 영향도 있기 때문에 평생 갈 수도 있다. 그렇지만 약의 도움을 받아 일상을 살 수 있게 한다. 자신에게 맞는 약을 찾는 것이 오래 걸리겠지만 조금만 기다리자. 옆에서 하루하루 버텨나갈 때마다 수고했다고 말해줄 테니.

그럼에도 또다시 우울이 찾아오는 날이 있다면 그냥 '시간아 지나가라.' 하고 누워 있자. 나중에 뭐라도 할 기운이 생기면 하고, 아니면 말고. 그렇게 하루하루 버텨내면 된다. 힘들겠지만 한번 시도해 보자.

오늘 당신에겐 무슨 일이 있었는가? 무슨 일이 있었

그동안의 노력은 내가 살기 위해 몸부림쳤던 것

든 오늘을 살아낸 당신에게 힘을 모아 박수를 쳐주고 싶다. 오늘 하루는 행복과 슬픔, 기대와 후회로 가득 찬다. 오늘의 행복은 아침 일찍 일어나서 강아지 쵸파와 놀았던 것이다. 오늘의 기대는 내일 새로운 글감을 가지고 글을 쓰게 될 나에게 생긴 것이고, 슬픔은 친하지 않았던 친구와 관계가 어긋난 것이다. 오늘의 후회는 나를 좋아하지 않던 친구에게 사랑을 바랐던 것이다.

나는 약속 시간에 민감하다. 미리 가서 기다리는 게 당연했다. 오늘은 7시 15분에 집에서 나가야 했다. 친구랑 만나서 연습해야 할 것이 있었다. 그런데 아빠의 차가 고장 나버렸다. 아빠가 데려다주지 않으면 걸어가야 하고 10분 만에 약속장소로 가지 못했을 것이다. 순발력 있던 아빠는 엄마에게 전화해 엄마 차로 아빠가 태워다 주셨다. 내가 늦을 줄 모르고 친구에게 내일 꼭 7시 30분에 만나자고 약속해서 늦으면 내 입장이 곤란해질 것 같았다. 순간 몸에 긴장감이 확 들었고 급하게 친구에게 연락했다. 전혀 예상하지 못했던 답이 왔다. 친구도 버스를 놓쳐서 늦는다는 말이었다. 그 순간 몸의 긴장이 풀렸다.

　오늘 내겐 몇몇 일이 있었다. 학교 화장실에서 입에 묻은 게 있나 보다가 작년에 같은 반 친구를 만나서 그 자리에서 15분 가까이 수다를 떤 것, 오래전에 반 티를 구매해서 살이 찐 나에게 사이즈가 맞을지 고민한 것. 이런 소소한 일로 일상이 만들어진다. 속상한 일도 있겠지만 지금 생각했을 때 긍정적인 감정이 떠오르는 일이 80%이다. 전에 다니던 병원의 정신과 선생님에게서 들은 얘기가 있다. 1년 중 불행한 일수는 한 달도 안 된다고. 12분의 1만 불행한데 어떻게 내 모든 인생을 불행이라 하겠는가?

그동안의 노력은 내가 살기 위해 몸부림쳤던 것

글 초반에 우울증의 정의를 말했던 적이 있다. 행복하
고 즐거웠던 기억보다 불행하고 암울한 기억을 떠올리
는 병이라고. 맞다. 틀린 말은 아니다. 근데 지금 생각해
보니 날 우울증이라는 선 안에 가두고 싶어 했다. 행복
하고 즐거운 기억을 인정하지 않은 건 아닌가 싶다. 앞
에서 내렸던 정의도 내가 맘대로 적은 거니까 글 마지
막에서 또다시 정의하겠다. 우울증은 안개 같은 것이다.
안개가 끼면 바로 앞은 보인다. 멀리 있는 것들이 안 보
일 뿐이지. 우울증도 마찬가지다. 지금 내 아픔과 문제
만 바라보고 더 넓은 세상을 안 보이게끔 한다. 안개는

항상 켜 있는 것도 아니다. 그 시간이 짧은 것과 긴 것의 차이다. 지금 정의한 나의 우울증은 안개처럼 생겼다가 사라지는, 생길 때는 잘 안 보이지만 다시 사라질 거라는 사실을 알고 있다.

우울감이 안개처럼 몰려올 때 아무것도 안 보이는 것은 시각적인 기능일 뿐이고 우리는 생각을 할 수 있다. 이 안개는 나중에 사라진다는 것을. 곧 화창한 해가 보일 것이다.

그동안의 노력은 내가 살기 위해 몸부림쳤던 것

내가 참가했던 백일장에서 "바다는 비에 젖지 않는
다."라는 문구를 보았다. 백일장이 끝나고 집에 와서도
그 문구의 여운이 남길래 생각해 봤다. 바다는 비에 젖
는다. 비에 젖고 파도에 젖는다. 늘 젖고 있는 바다가 우
리에게는 너무나 당연해져서 티가 안 날 뿐이다. 바다에
게는 평생을 버텨야 할 재앙일지도 모르지만.

늘 축축하게 젖고 있는 것 같던 바다는 마치 나를 닮
은 것 같다. 또 이 글을 읽고 있는 당신을 닮았다. 우울
이라는 파도와 비에 젖는 게 익숙해지는 밤이다. 나만큼
은 익숙해지지 않고 싶었다. 바다는 파도와 비를 두려워

할까? 바다는 파도를 피하지 않는다. 피하면 바다가 육지를 덮어버리니까. 나도 우울을 피하지 않는다. 피하려고 할수록 내 일상이 우울이라는 용암에 녹아내리니까. 지금부터 피하지 않을 것이다. 우울은 나의 일부이다. 바다가 파도의 일부인 것처럼. 부정하지 말자. 당신도 그랬으면 좋겠다.

이 책을 보면 가장 먼저 나오는 차례인 '들어가며'에서 《죽고 싶지만 떡볶이는 먹고 싶어》라는 책의 글귀를 인용했다. 두 번째로 기억에 남은 글귀라고 소개했다. 기억에 남았던 첫 번째 글귀를 궁금해하길 바랐는데 내 바람이 성공한 건지 모르겠다. 첫 번째로 좋아하는 글귀는 제목이다. 죽고 싶지만 떡볶이는 먹고 싶을 수 있다는 것. 백세희 작가님의 이 책을 읽으면서 깨달았다. 죽고 싶을 때도 와플을 먹고 싶을 수 있고 연애하고 싶을 수도 있다. 그게 당연한 것이다.

나는 오늘 며칠 만에 우울을 경험했다. 누구에게나 올 수 있으니까 많이 힘들어하지 않아야지. 매번 다짐하지만 파도처럼 몰려오는 날에는 한 번 더 무너지게 된다. 좌절하지 않아야지. 내 아픔을 유난히 특별하게 생각하지 않아야지. 그럼에도 무너질 수밖에 없는 게 사람 아닐까? 무너져도 된다. 다시 다짐하면 되니까. 당신도 너무 좌절하지 않기를, 올 한 해 너무 아파하지 않기를 빈다.

16년 동안 가장 많이 적어보고 고민하며 쓴 글이다. 내 글이 다른 사람들에게 위로가 될 수 있다면 뭐든 해보고 싶었다. 처음에는 '남의 정신적인 아픔을 이겨내는 과정이 독자들에게 위로로 다가올까?'라는 고민을 했다.

"선생님, 얼마나 더 아파야 죽게 돼요?"
"이젠 그만 아팠으면 좋겠어요."
"주사 얘기가 아녜요. 정말이에요. 이제는 그만 아팠으면 좋겠어요. 이만큼 아팠으면 죽어도 되잖아요. 죽으면 아픈 것도 끝이…."

조창인 작가님의 소설《가시고기》에서 백혈병 걸린 아이가 골수를 채취하며 의사 선생님에게 한 말이다. 병동에서 《가시고기》라는 책이 다시 떠올랐다. 힘든 순간에 나와 같은 처지인 아이가 필요했나 보다. 아이가 한 말을 종이에 쓰고 또 썼다. 마치 내 얘기 같았다. 아이의 대사를 보는 것만 해도 같은 처지인 사람에게 위로받은 것처럼 마음이 따뜻해졌다. 알았다. '괜찮아, 그럴 수 있어. 다음에 더 잘하면 되지.'라는 격려만 마음을 따뜻하게 하는 게 아니라는 걸. 나와 비슷한 다른 사람을 보는 것만으로 내 마음속에 위로가 된다는 걸 알았다. 위로뿐인가? 힘들 때 버팀목이 된다. 공감할 수도 있고 이겨내고 싶다는 마음이 생길 수도 있다. 비록 열여섯 살짜리의 우울증 투병기지만 말이다. 당신도 그러길 바란다. 뮤지컬의 커튼콜처럼 내 얘기를 잠깐 해봤다. 그럼 이제 뮤지컬의 막을 내리겠다.

달빛이 비치는 창가 아래에서 너에게 보낸다

안개가
껴도
괜찮아

초판 1쇄 발행   2024. 8. 21.

지은이 한겨울
펴낸이 김병호
펴낸곳 주식회사 바른북스

편집진행 황금주
디자인 배연수

등록 2019년 4월 3일 제2019-000040호
주소 서울시 성동구 연무장5길 9-16, 301호 (성수동2가, 블루스톤타워)
대표전화 070-7857-9719 | **경영지원** 02-3409-9719 | **팩스** 070-7610-9820

•바른북스는 여러분의 다양한 아이디어와 원고 투고를 설레는 마음으로 기다리고 있습니다.

이메일 barunbooks21@naver.com | **원고투고** barunbooks21@naver.com
홈페이지 www.barunbooks.com | **공식 블로그** blog.naver.com/barunbooks7
공식 포스트 post.naver.com/barunbooks7 | **페이스북** facebook.com/barunbooks7

ⓒ 한겨울, 2024
ISBN 979-11-7263-104-8 03810